O BRUXO

Maria Adelaide Amaral

O BRUXO

EDITORA
GLOBO

Copyright © 2000 by Maria Adelaide Amaral

Todos os direitos reservados. Nenhuma parte desta edição pode ser utilizada ou reproduzida – em qualquer meio ou forma, seja mecânico ou eletrônico, fotocópia, gravação etc. – nem apropriada ou estocada em sistema de bancos de dados, sem a expressa autorização da editora.

Revisão: Beatriz de Freitas Moreira e
Denise Padilha Lotito
Capa: Roberto Kazuo Yokota
Imagens de capa: © Thomas Schweizer / Corbis;
© Bettmann / Corbis

Dados Internacionais de Catalogação na Publicação (CIP)
(Câmara Brasileira do Livro, SP, Brasil)

Amaral, Maria Adelaide
O Bruxo / Maria Adelaide Amaral. – 2. ed. – São Paulo: Globo, 2003.

ISBN 85-250-3735-4

1.Romance brasileiro I. Título.

03 - 6794   CDD-869.93

Índice para catálogo sistemático:
1. Romances : Literatura brasileira 869.93

Direitos de edição em língua portuguesa
adquiridos por Editora Globo S. A.
Av. Jaguaré, 1485 – 05346-902 – São Paulo, SP
www.globolivros.com.br

*Para
Suramaya,
Graça Medeiros,
Graziella Somaschini
e E. B.*

1

UM DOS GRANDES PRAZERES QUE ANA DESCOBRIU, depois dos quarenta, foi o ato de despertar. Quando o rádio-relógio a acordava, seu primeiro impulso não era mais se levantar prontamente e caminhar mal-humorada para o banheiro. Durante algum tempo e ainda de olhos fechados, procurava reconstituir os sonhos daquela noite para então registrá-los no diário que mantinha desde que ficara só. Depois alongava lentamente braços e pernas e agradecia o privilégio de se estirar na cama e viver esse tempo remansoso em que sonhos e evocações acorriam indistintos à sua mente.

Às vezes, ainda sob esse estado de torpor, Ana concebia um ou dois versos e, em dias mais inspirados, era capaz de construir um *hai-kai,* que seria incontinenti demolido, pois o que produzia ao despertar quase sempre se diluía no chuveiro ou no café-da- manhã, quando o volume do rádio de Iraci na cozinha a acordava para a precariedade de sua poesia matinal. Os versos que criara naquela manhã eram tão precários que os tinha renegado antes de o rádio da empregada jogar a definitiva pá de cal.

— Estão falando do signo da senhora! Quer que aumente? — disse Iraci, colocando o jornal à sua frente.

— Não — respondeu Ana.

— O homem estava falando que hoje a senhora vai encontrar seu amor!

— Besteira — respondeu Ana, passeando os olhos pela primeira página.

— A senhora é muito nova pra ficar sozinha.

— Eu gosto de ser sozinha.

— Nenhuma mulher gosta de ser sozinha.

— Sabe do que eu gosto? De quando você vai embora no meio da tarde e eu fico livre desse rádio infernal!

— Bom, o homem falou que hoje a senhora vai encontrar seu amor, e quando ele fala pode escrever! — sentenciou Iraci, retirando-se para a cozinha.

Ana tomou um gole de café e, ao destacar o caderno de cultura, deparou com um artigo assinado por Ivan de Castro, que já prometia o que o título anunciava: "Quem se interessa por esta poesia?".

"Será que esse filho-da-mãe vai falar mal de mim outra vez?", pensou, enquanto percorria a matéria à procura de seu nome. Ao constatar que Ivan nem sequer a mencionara, seu alívio imediatamente cedeu lugar à inquietação. O que era pior: ser ignorada ou desancada? Não ter existência poética em uma matéria sobre poesia contemporânea era muito desconfortável e, vindo de um velho amigo, falta de consideração. Aborrecida, virou a página e foi procurar consolo nas previsões para os nativos de Aquário, embora não acreditasse em astrologia de jornal. "Prepare-se para reencontrar um antigo amor."

— Bobagem — murmurou e retornou à matéria de Ivan. Tentava descobrir quem eram desta feita os alvos de sua acidez, mas percebeu, irritada, que ele não poupara ninguém. — Mas que sujeitinho torpe — resmungou, melindrada.

Estava considerando a possibilidade de ligar para Ivan para lhe cobrar o desdém e o mau humor quando o telefone tocou e Iraci atendeu na cozinha. Logo em seguida, a empregada entrou e lhe estendeu o fone com um sorriso matreiro.

— Para a senhora.
— Quem é? Ivan?
— É seu Bruno — sussurrou a empregada.
— Bruno? — estranhou Ana. Fazia anos que não se falavam.
— O que aconteceu para você me telefonar a esta hora, Bruno?
— Como é que você se separa e não me diz nada?

Ana suspirou.

— Dizer o quê? Dizer por quê, Bruno?
— Eu gosto de você, me interesso pela sua vida!

Ana deu uma gargalhada.

— Alguma dúvida sobre meu afeto por você? — **perguntou** Bruno.
— Não. Nenhuma — disse Ana, rindo.
— Vamos almoçar?
— Quando?
— Hoje. Agora. Já.
— Não sei se tenho algum compromisso hoje, deixe-me ver — disse Ana, fingindo consultar a agenda.
— Não se faz de difícil, dona Ana! — cochichou a empregada.
— Hoje está OK. Onde nos encontramos?
— Eu apanho você por volta da uma — disse Bruno.

Quando Ana desligou, Iraci sorriu, cúmplice.

— Eu não disse que o homem do rádio era batata?

— Você acha que esse almoço vai mudar a minha vida? O que você imagina que vai acontecer, Iraci?
— A senhora sabe muito bem o que vai acontecer, dona Ana!
— respondeu a empregada sem rodeios.

Ana sabia que faria amor com Bruno naquela tarde e resolveu preparar-se para o encontro com o mesmo cuidado com que se preparava quinze anos antes. Embora não fosse mais tão esbelta e a flacidez a espreitasse aqui e ali, demorou-se no banho, na escolha do hidratante e da *lingerie* mais sedutora, ou pelo menos aquela que fosse capaz de ocultar de maneira mais eficiente as suas imperfeições.

Curiosamente, o verso que lhe ocorrera ao despertar era alguma coisa parecida com "um amor; quero um amor; novo, antigo, tanto faz"; era um mau verso, como era mau o texto do astrólogo do jornal, mas tudo parecia confluir para que os fados se cumprissem. "Prepare-se para reencontrar um antigo amor." Era fantástico. "Inacreditável", ela repetia enquanto se maquiava. Tão inacreditável como eles continuarem a manter ao longo dos anos uma relação amistosa apesar do doloroso rompimento. Ana anotara em seu diário: "Bruno é o único homem por quem me apaixonei que continua meu amigo". Porém, o jogo amoroso continuava pontuando, como um cacoete, os encontros dos dois.

Sempre que saíam para jantar, fazia parte do ritual, após o café, Bruno convidá-la para ir a um motel e ela dizer não, em nome do que tinha sido e certamente não seria mais, em nome do casamento — o seu e o dele — e em nome de princípios em que ela nem sempre acreditava. Durante anos se escusara, mas agora qual era o sentido de dizer não?

E tal como previra, ao fim do almoço, enternecido por uma garrafa de vinho, Bruno apertou sua mão e disse que ainda sonhava com ela.

— Sonhos eróticos — explicou. — E às vezes me masturbo pensando em você.

Ana sorriu, grata, do outro lado da mesa.

— Tudo o que uma mulher da minha idade precisa é saber que ainda é capaz de suscitar o desejo de um homem — disse, referindo-se aos seus quarenta e nove anos e à consulta com o ginecologista, que no dia anterior anunciara que ela estava entrando na menopausa.

— Você não tem idade — disse Bruno, beijando-lhe a palma da mão e afastando gentilmente o espectro do climatério. — Nenhuma mulher marcou tanto a minha vida. Nenhuma.

Era como escutar Roberto Carlos da fase romântica, um bolero de Manzanero, um samba-canção de Lupicínio Rodrigues, era o banal e o sublime presentes nas letras da música popular — era o cerne de sua poesia e o tema de sua tese de pós-graduação.

— Estou morrendo de vontade de fazer amor com você — continuou Bruno. E amavelmente esclareceu: — Faz tanto tempo que não faço amor de verdade com uma mulher... A última vez foi com você.

Num impulso nostálgico, decidiram voltar ao motel onde fizeram amor pela primeira vez, mas, ao vê-lo da estrada, arrependeram-se imediatamente. O que outrora Bruno chamara de "um posto tranqüilo *in campagna*" agora era parte de uma periferia miserável e violenta, o que explicava os muros altos e os arames farpados que davam ao Motel Amore a aparência de uma prisão.

No quarto, grandes manchas de umidade desenhavam o mapa das infiltrações no teto e nas paredes, a cor original do carpete desaparecera sob a imundície sedimentada ao longo dos anos, as cortinas pendiam sujas e esgarçadas e até o mau gosto que tanto os diver-

tira no passado — os bombons sobre o travesseiro, a colcha vermelha disposta em leque — soava melancólico e constrangedor.
— Quer desistir? — Bruno perguntou.
— Não — respondeu Ana.
— Nós já transamos em lugares piores, lembra?

Ana lembrou-se dos motéis por onde tinham passado e do apartamento no centro da cidade onde costumavam se encontrar, mas, quinze anos antes, o lugar mais infecto era imediatamente transfigurado pela paixão dos dois.

— Será que sempre foi assim e a gente não percebia? — ele perguntou.

— Não, era mais limpo. E também mais novo e menos decrépito.

— Nós também éramos mais novos e menos decrépitos — disse Bruno, abraçando-a.

— Você não está mal para a sua idade — ela sussurrou.

— Isso é o que chamo de elogio duvidoso — disse Bruno, empurrando-a para a cama e deitando-se sobre ela.

Quando ele a beijou, seu hálito a remeteu para a época em que faziam amor em quartos decrépitos e não se importavam. Apesar de tanto tempo afastados, a memória tátil dos antigos encontros ainda persistia na maneira impudente com que se reconheciam e num tipo de desenvoltura que era exclusiva dos dois. Com outro homem Ana jamais fora tão fogosa, nem Bruno tocara outra mulher com a mesma voracidade e delicadeza.

— Estava morrendo de saudade de você — ele sussurrou.

— Eu também — disse ela, acariciando-lhe as costas.

Enquanto Bruno a penetrava, Ana se lembrou do quanto gostava de fazer amor com ele e da sensação de que entre eles não havia ninguém, nenhum artifício, nenhuma morbidez; eram apenas os dois, plenos, a intuição exata do desejo do outro, a perfeita sincronia de movimentos. Ana pensou na primeira vez em que tinham ido para a cama, no susto, na surpresa, e no prodígio que se repetia tantos anos depois.

— E agora? — Bruno perguntou com o corpo suado sobre o de Ana e o coração batendo forte.

— Agora, o quê? — ela perguntou.

— Eu gostaria de me separar de minha mulher para ficar com você, mas não posso, ainda não posso, Ana — Bruno reiterou, desanimado.

— Nunca pôde nem nunca poderá.

"Nem acho que seja o caso", pensou Ana. Nunca pedira a Bruno que deixasse Maria Eugênia, nem ele jamais sugeriu que ela abandonasse Pedro, exceto no auge do romance, quando, em duas ocasiões distintas, ambos quiseram ficar juntos. Como, entretanto, o desejo dos dois não tinha sido simultâneo, o descompasso acabou por salvá-los da grande decisão.

No espelho oxidado do teto Ana via a imagem baça de um casal de mãos dadas e teve saudade do seu corpo e da emoção que sentira na primeira vez em que haviam estado ali. Nunca mais aquele quarto seria como o recordava a memória, um espaço suspenso com a cor, o odor e a textura de sua paixão. A decadência atual contaminaria inevitavelmente a memória, e ela receava que sob a lente do desencanto não apenas o quarto, mas a história do seu romance perdessem a aura que tinham para os dois. Com os olhos fixos no espelho do teto, Ana também lamentava ter envelhecido e se tornado mais exigente e, sobretudo, lamentava não estar mais apaixonada por Bruno, poder ouvir que ele não iria se separar da mulher sem ficar ferida de morte. E, mais do que isso, conseguir entender suas razões.

— Você está chateada comigo? — ele perguntou, preocupado.
— Não. Só acho que a gente não devia ter vindo aqui. Da próxima vez, vai ser em minha casa.
— E os seus filhos?
— Meus filhos estão casados, Bruno.

Duas vezes por semana Ana dispensava Iraci mais cedo e o esperava com vinho tinto e uma fita de Billie Holiday repleta de evocações. Faziam amor à luz de velas e a cada visita Bruno ficava um pouco mais. Uma noite ficou para jantar e, no terceiro copo de vinho, estava tão desarmado que perguntou, acariciando a mão de Ana:
— Posso dormir aqui?
— Não. Você vai dormir na sua casa.
— Você não me ama mais — disse Bruno ao perceber que ela não tinha nenhuma expectativa a seu respeito.
— Amo. E agora mais, porque não estou apaixonada por você.
— Então por que está se livrando de mim?
— Você tem uma mulher. E eu quero que você continue vindo aqui.

Ana não o mandava embora por generosidade ou desprendimento, mas porque a presença de um homem em sua casa era incompatível com o modo como organizara sua rotina desde que ficara só. Havia um tempo para o trabalho, outro para os amigos, outro para os filhos e os netos — cada dia tinha sua cota de prazeres e de provações. Ela estava em paz, provavelmente na melhor fase de sua vida, porém em alguns momentos sentia saudade de uma paixão. Às vezes surpreendia-se cantarolando *The Man I Love*, e de tempos em tempos consultava bruxos aos quais invariavelmente perguntava se ia se apaixonar de novo e viver com alguém uma experiência de plenitude. E eles sempre respondiam que sim.

Embora Bruno tivesse voltado a fazer parte de sua vida, Ana não pensava nele como o homem com quem viveria uma experiência de plenitude. Ainda o queria bem, mas ele deixara de ser vital. Quando Bruno ia embora, era só dizer adeus, beijá-lo ternamente e murmurar um fraternal "cuide-se" no momento em que ele entrava no elevador. Era bom fazer amor com Bruno, estar com ele, recordar continuamente sua história, pois, de certa maneira, esse antigo romance era sua evocação mais terna e persistente. Depois que se despediam, Bruno ainda ficava habitando sua memória, mas Ana não morria nem queria morrer quando ele ia embora.

— Eu ligo amanhã — Bruno dizia sempre antes de sair.

— Estarei esperando — respondia ela sorrindo.

Mas, se ele não ligasse, a vida seguia seu curso sem angústia ou desespero. E se ele dissesse:

— Eu não liguei ontem para você porque...

Ela respondia:

— Porque não pôde. Está tudo bem. Não precisa se sentir culpado.

Muitos anos antes, porém, quando por alguma razão Bruno não ligava, Ana perdia a fome, o sono, tinha fantasias de abandono, os olhos ficavam opacos, o rosto murchava, o vigor lhe escapava por todos os poros. Ana, que abominava essa dependência e sujeição, amaldiçoava o dia em que tinha se apaixonado por ele. Muitas vezes tentou se munir de forças para o extirpar de dentro dela, porém jamais conseguiu fazê-lo. Bruno era a fonte de seus males, mas também a de sua vitalidade e alegria; sem ele não havia futuro, o passado empalidecia e o presente era treva gelada.

— Acabou — Ana dizia para si mesma nessas ocasiões.
— Acabou — repetia, decretando o fim de seu insuportável sofrimento. Mas, então, subitamente, o telefone tocava e a voz de Bruno tornava a vida possível outra vez.
— Sentiu minha falta? — ele sempre perguntava depois de uma ausência.
— Hum-hum — ela respondia, econômica, embora sua vontade fosse confessar que morrera à míngua, ele era o ar, a água, o fogo e a terra, e bastava ele dizer "alô" para que sua vida se transfigurasse imediatamente. Com Bruno era mais fácil dormir e acordar, mais agradável escrever e recordar, e a música, as evocações e a paisagem ficavam mais nítidas, e tudo a mobilizava para o admirável ato de viver.
— Por que rompemos? — Bruno perguntou ao longo dos anos num tom de perplexidade. — Por que nos separamos, Ana?
— Porque a intensidade do que sentíamos era intolerável, e isso fazia com que nos magoássemos reciprocamente.
— Foi tão doloroso assim?
— Nunca fui tão infeliz — disse Ana, referindo-se à fase que precedera o rompimento dos dois.
Bruno apertou sua mão, solidário, mas o gesto deslocado no tempo era incapaz de confortá-la. Ana não sofria mais por sua causa e não havia o que fazer com aquela tardia solidariedade.
— Por que fomos tão covardes?
— Foi melhor assim — ela respondeu.
— Estava nas suas mãos.
— Não estava nas mãos de ninguém. Estava escrito que seríamos amantes, e sempre fomos muito melhores nesse papel.
Quando Bruno ia embora, ela recolhia os pratos e copos e os colocava na pia, ajeitava as almofadas e ordenava os objetos no

lugar. A voz de Billie Holiday estabelecia a ponte entre presente e passado e ela era inundada por uma grande harmonia. Nesses momentos de degustada solidão, Ana se perguntou muitas vezes se a volta de Bruno não seria uma forma de resgate, uma segunda oportunidade que a vida oferecia aos dois.

Ana procurava um sentido nesse retorno, como procurava um sentido para tudo, ao contrário de Bruno, que não via sentido em coisa alguma e dizia, citando Shakespeare, que a vida não passava de uma história cheia de som e fúria contada por um louco significando nada. Daí seu espanto ao ouvi-la divagar sobre estrelas e planetas, linhas de mãos e baralhos de tarô, embora Ana não acreditasse tanto nessas coisas quanto gostaria.

— Como é que uma pessoa pode se considerar tão importante a ponto de imaginar que as estrelas a favorecem ou conspiram contra ela?

— Tanto faz você acreditar ou não acreditar. Seu destino já está escrito de qualquer forma — Ana dizia para provocá-lo.

Bruno, no entanto, pertencia à geração que lera Sartre e acreditava no infinito poder de escolha.

— A mim você também acha que escolheu?

— Claro que sim — respondia ele.

— Claro que não. Naquele dia tínhamos um encontro marcado. E você soube disso quando entrei na sua sala com os originais do meu livro debaixo do braço.

Bruno se lembrava de que era verão, Ana usava um vestido leve e ele a desejou imediatamente. Ana se lembrava das mãos de Bruno apertando as suas e dos olhos dele, que a olhavam intensamente.

— Escrevo poesia — disse ela desculpando-se. — E queria saber se vale a pena publicar este material.

O livro foi o pretexto que os aproximou, depois seria a desculpa para se encontrarem sempre. Um verso, uma palavra, uma vírgula eram motivo para longos telefonemas e a menor pendência tinha de ser discutida prontamente. Ana entrava na editora com o coração aos pulos, mirava-se ansiosa no espelho do hall, no elevador ajeitava o cabelo e reforçava o batom, fazia-se bonita e fêmea para encantá-lo.

— Você está linda — ele dizia, apertando a mão dela, que se deixava ficar, rendida, entre os dedos esguios de Bruno.

— Qual é o problema desta vez? — Ana perguntava com um sorriso maroto, pois o único problema que havia era a vontade incontrolável de estarem juntos.

Uma tarde Maria Eugênia irrompeu na sala e pilhou os dois debruçados sobre um texto com as cabeças muito próximas.

— Como é que você consegue trabalhar nesta espelunca? Por que não faz como todo mundo e sai do centro da cidade? — ela disse, irritada, sem olhar para Ana.

Mas em casa perguntou:

— Quem era mesmo aquela fulana?

— Uma escritora — respondeu Bruno, afetando displicência.

— Não minta para mim. Eu vi o jeito de vocês quando entrei na sala.

— Você está imaginando coisas.

No dia seguinte, prudentemente, os dois resolveram se esconder. Primeiro no Motel Amore, depois num apartamento no centro da cidade, que anos antes tinha sido a *garçonnière* do sogro e se tornara depósito de livros didáticos erradicados do currículo escolar. Faziam amor entre velhas edições de latim, francês e história das Américas. Na vitrola, Lucho Gatica e Trio los Panchos cantavam boleros. Bruno não gostava de boleros, mas sabia versos inteiros de *Contigo en la distancia*. — *"Pues te has convertido en parte de mi alma, ya nada me consuela si non estás tú también..."* E a minha mulher continua pensando que o único cantor popular de que o pai gostava era Jean Sablon — ele dizia, vingado. Não era mais o editor que falava por sua boca, mas o jovem contínuo que iniciara sua vida profissional servindo café ao patrão.

Ana gostava de atiçar Bruno questionando as razões de seu casamento com Maria Eugênia. Afinal, o que ele queria? A mulher ou a condição que ela oferecia? E ele sempre reagia indignado.

— Eu já era diretor de vendas quando comecei a namorar minha mulher. E me casei apaixonado. Para seu governo, a ascensão social era o que menos importava — rebatia Bruno, querendo dizer que não tinha sido o dinheiro de Maria Eugênia que o interessara, mas o acesso ao paraíso.

E o paraíso era a sala do patrão, sempre de porta aberta e imersa numa nuvem de fumaça porque a plêiade que a freqüentava fumava demais: o Cronista vesgo com seu cachimbo, o Crítico afetado no tom e na escrita, o Trovador oficial da cidade, a Bela Escritora, as jovens promessas, o Poeta Aristocrata com a indefectível piteira, sentado numa poltrona demasiado alta para sua pequena e miúda compleição. E Bruno, que amava os livros, na periferia desse mundo, servindo café.

— Ela nunca estava entre eles — dizia Bruno, referindo-se à mulher.

Maria Eugênia não gostava de livros nem de escritores. Preferia fazer compras ou ir ao clube tomar sol. Passava o ano inteiro bronzeada, o tom da pele refletindo sua ociosidade. Uma vez por semana entrava na sala do velho e ordenava:

— Você precisa fazer um depósito na minha conta!

Bruno a observava do outro lado do corredor — as pernas cruzadas, a saia recuando até o meio das coxas, a penugem dourada, a pele cintilante, e sentia inveja daquela moça fútil e despreocupada. Ela jamais saberia o que era acordar de madrugada, comer de marmita, sair do serviço às seis e correr para a escola noturna; jamais teria de lutar contra o sono e o desânimo, e adormecer no ônibus a caminho de casa, e caminhar pelas ruas vazias pensando que o dia seguinte seria igual, todos os dias seriam iguais, até que ele conseguisse romper o círculo de privações de sua família e de sua classe. Seu pai era ferroviário, o avô havia sido lavrador e também o bisavô e, provavelmente, seus ancestrais. O avô de sua mãe tinha sido pastor; a cada geração um dos filhos recebia a montanha como herança e ali ficava meses a fio, tendo por companhia os cães, o rebanho e as nuvens.

— Um bando de gente amargurada — dizia Bruno, justificando sua amargura. — Tanto a família da minha mãe como a de meu pai. Um bando de fodidos, se você quer saber.

— Você conseguiu romper o padrão — Ana falava para confortá-lo.

— Mas não dá para apagar o que vivi, o que minha família viveu está nos meus genes, permanece como marca indelével, a verdadeira marca de Caim. Sabe aquela frase do Fitzgerald, "os ricos são diferentes"? Ninguém melhor que eu sabe disso.

— São diferentes porque têm dinheiro.

— Não é isso. Você também sabe que não é isso.

— A sua mulher era muito bonita.

— Ela ainda é bonita, mas olho para ela e não vejo nada. Não consigo vê-la, compreende? Nem ouvi-la. Nada do que ela diz me interessa. Ela teve tudo e não aproveitou nada. Pérolas aos porcos — dizia Bruno, pensando em sua vida miserável. A mãe na máquina de costura, o pai maldizendo a locomotiva que lhe decepara a perna, a mesma história repetida com a mesma ira diariamente. A irmã balconista, os pés enfiados na salmoura, vinte e dois anos e as pernas cheias de varizes, como sua mãe — "Não é o serviço: é raça, filha". O irmão adolescente no banheiro, sonhando com as pernas de Wanderléa, e a avó esmurrando a porta:

— Sai já daí, seu indecente.

Maria Eugênia não queria que eles fossem ao casamento e Bruno tentou explicar à família que eles se sentiriam deslocados.

— Vocês não conhecem nenhuma daquelas pessoas — argumentou, mas, no fundo, sentia-se um canalha. Era um insulto que eles fossem alijados.

— Se você abaixar a cabeça agora, não vai levantar nunca mais! — dizia a irmã, magoada.

— Esse já é pau-mandado! — vociferava o pai.

No dia do casamento, porém, levou-os à igreja e num impulso heróico os impôs a Maria Eugênia no altar e na festa. O pequeno grupo mal-ajambrado destoava dos outros, mas Bruno ostensivamente os apresentou aos convidados.

Ele era capaz de grandes gestos, sobretudo quando se tratava de defender publicamente os humilhados e ofendidos, mas, no cotidiano, cedia à vontade da mulher, não apenas por preguiça e comodismo, como dizia, mas porque era freqüentemente perseguido pela fantasia de que sem Maria Eugênia perderia tudo o que havia conquistado; via-se novamente em seu cubículo, o paraíso do outro lado do corredor, e ele à margem mais uma vez. Bruno não suportava Maria Eugênia, mas suportava menos a idéia de voltar atrás. E, embora não houvesse o menor fundamento nesse receio, não conseguia evitar essa sensação e à noite tinha sonhos de ruína e desamparo.

— Nunca vou me separar — ele dissera muitas vezes durante o tumultuoso caso com Ana. — E nem você.

— Provavelmente — Ana respondia, embora as razões que a mantinham junto do marido fossem diferentes.

E, contrariando as previsões de Bruno, ela se separou no 25º ano de seu casamento.

— Como você conseguiu? — ele perguntou.

— Conjunção de Urano e Netuno na casa Sete — disse Ana para provocá-lo.

— O que quer que tenha sido, sinto muita inveja de você.

— Sabe o que acho? Seu casamento não é suficientemente ruim para você se separar.

— O seu também não era e você se separou.

Ana podia descrever exaustivamente as diferentes faces de sua relação com o marido, mas jamais conseguiria chegar ao ponto crucial da questão. Podia usar os recursos das diversas terapias a que se submetera, em grande parte para facilitar a longa jornada, mas isso não lhe permitiria tangenciar o essencial dessa experiência, e o essencial não eram as horas e os dias de sua convivência com Pedro, mas a parte inacessível, a caixa-preta, o mistério, aquilo que jazia na obscuridade — a de cada um e a que tinha sido gerada pelos dois.

Por muitos anos estivera fortemente ligada a um homem a quem protegia e que a protegia, misto de pai e filho, ou alternadamente pai e filho, a quem amou fraternalmente e odiou muitas vezes por identificá-lo com o opressor, o cerceador, o algoz, a vítima, a testemunha. Ao longo do tempo, muito fora amortecido e deliberadamente anestesiado, de muito ela havia se defendido e esquivado, e a muitas coisas fechara os olhos, embora sua amiga Luz repetisse continuamente que, ao se fechar os olhos para alguma coisa, também se deixa de ver o resto.

— É o preço — Ana se justificava.

Ao lhe perguntarem por que ficara tantos anos casada, respondia: "Porque vivíamos cercados de gente" ou "Pela necessidade atávica de um lar". E, embora fossem respostas distintas e insuficientes, ambas eram absolutamente verdadeiras.

Quando Ana tinha quatro anos, seu pai abandonou a família para viver com outra mulher. Sem recursos, Ana e a mãe se mudaram para a casa da avó materna, que desde o primeiro dia não escondeu que as duas seriam um estorvo.

— Se você tivesse me ouvido, não teria se casado com esse cafajeste. Agora volta com uma filha para minha casa, sem ter onde cair morta!

E a mãe tragava profundamente o cigarro, sempre um cigarro aceso entre os dedos amarelados, hálito e suor tresandando a nicotina, à noite o ronco e o guincho de pulmões carregados, e sempre aquele fedor de cinzeiro sujo nos lençóis, nos travesseiros, cabelos e pele exsudando alcatrão e amargura.

— Cada um tem seu destino — retrucava a mãe, olhando para o vazio.

— O meu é sustentar uma imprestável que não consegue manter nem o próprio vício! Sem falar que não veio só! Trouxe um contrapeso! O que só vem provar que desgraça nunca vem sozinha!

A avó dela morava em um pequeno sobrado no bairro de Santa Cecília, que ostentava na porta uma placa com os dizeres: "Madame Encarnación — Modista". A indústria de roupa feita, porém, havia reduzido consideravelmente sua clientela.

Ana dormia com a mãe num sofá-cama na sala de provas, e o único lugar que podia chamar de seu era o vão das escadas, onde se enfiava para ler e escapar da acrimônia da avó. Foi ali que aos sete anos escreveu sua primeira poesia, "Ele", cujo tema principal era o retorno do pai, um homem poderoso que a levaria para muito longe dali. Ano após ano, Ana sonhou com a volta desse pai, mas o pai real só daria sinal de vida muito tempo depois. Um dia ligaram de um hospital, avisando que ele estava muito doente e precisava lhe falar. Ana se preparou para o reencontro melodramático, mas o que a esperava era um anticlímax.

— Preciso ser operado e estou sem grana. Soube que você está bem de vida, que tal ajudar seu velho?

Ana sufocou seu desaponto e indignação e preencheu o cheque com vontade de gritar.

— Foi por isso que você me chamou? Nenhuma palavra terna, nenhum remorso, nenhum gesto, você só queria dinheiro?!

No corredor irrompeu em prantos. Viu a si mesma na casa da avó, a mãe tentando encontrar outro marido nos bailes da saudade, a avó saindo para jogar buraco com as amigas, a casa vazia e ela só, escrevendo cartas hipotéticas para esse pai que a frustrara da maneira mais atroz. Seu pai afinal era um pobre homem, estava com os dias contados, na verdade morrera há muitos anos, e ela precisava aceitar definitivamente sua orfandade.

Ana entrou no carro aos prantos e no percurso para casa continuou chorando copiosamente. À noite, ao contar a Pedro o que tinha acontecido, ele lhe disse:

— Você não precisa do seu pai, você tem a mim.

Era por atitudes assim que seu casamento havia durado tanto tempo.

2

UMA NOITE VÍVIAN LIGOU para comentar sobre o novo bruxo que estava freqüentando:

— Ele vem de Florianópolis todos os meses, fica só três dias, as consultas precisam ser marcadas com bastante antecedência, mas vale a pena.

— Estou farta dessas coisas, Vi. É tudo tão previsível... — disse Ana, enfadada.

— Esse não é. Eu estive lá. Foi uma experiência extraordinária.

— Na hora. Depois passa.

— Estou dizendo que sua vida nunca mais vai ser a mesma depois que o encontrar.

E, já que esse bruxo seria um divisor de águas e tudo que havia conhecido antes empalideceria diante de sua clarividência, Ana ligou para marcar uma consulta. Houve duas tentativas frustradas em julho e agosto, mas, em setembro, uma voz feminina informou que, em virtude de uma desistência, haveria uma hora para o dia seguinte. Ela estaria interessada? Ana tinha uma viagem prevista para Campinas, mas intuiu que deveria aceitar o inesperado oferecimento. No fim da tarde, a reunião em Campinas foi cancelada e ela interpretou o fato como um sinal. Na verdade, havia poucas perguntas a fazer e, afinal, uma só importante e recorrente:

— Vou me apaixonar outra vez e viver com alguém uma intensa experiência de plenitude?

Porém, quando se viu diante do bruxo, não conseguiu formulá-la.

— O que a trouxe aqui? — ele perguntou, manuseando o baralho de tarô e olhando-a fixamente.

— O que me trouxe aqui? — repetiu Ana, desconcertada.

— O que procura?

"Se você é mesmo um bruxo, deveria saber", Ana teve vontade de dizer, porém se calou sem jeito e sem graça e explicou apenas que uma amiga o havia recomendado com insistência.

— Que amiga?

— Vívian Brandão.

Ele aquiesceu e colocou o baralho à sua frente.

— Pode perguntar o que quiser.

— O que eu quiser? — murmurou Ana, subitamente acometida por um inédito pudor. Era tão urgente, tão clara, tão simples a pergunta que a havia levado até ali, mas diante daquele homem não tinha coragem de enunciá-la.

— Sobre meu trabalho e meus filhos — ela disse.

— Corte duas vezes.

— Para a direita ou para a esquerda?

— Como ditar seu coração.

O coração de Ana batia forte, ela estava tensa, constrangida, irritada consigo mesma, mas dividiu o baralho a esmo como se não fossem importantes o rito e a intenção que a conduziram até ali.

— Você tem dois filhos. Uma moça e um rapaz. A moça está com problemas no casamento.

— Está? — indagou, desconfiada.
— Ela quer se separar.
— O quê?!
— Seu filho vai se mudar de cidade.
— Como mudar de cidade? — ela perguntou, alarmada. — E o trabalho dele no banco?
— Vai sair do emprego e mudar de vida. Vejo seu filho muito bem. Você também está numa boa fase, como se pode ver — disse o bruxo, indicando a carta do Sol. — Tudo o que quiser virá a suas mãos.
— Eu queria saber de minha filha — disse Ana, preocupada.
— Não está em suas mãos a felicidade de sua filha — disse o bruxo, embaralhando. — Nem foram seus filhos que a trouxeram até aqui — acrescentou, olhando-a fixamente. — Por que não me diz o que *você* quer saber?

Ana sentiu o rosto enrubescer, mas disfarçou o embaraço volteando sobre assuntos profissionais e fez outras perguntas, retóricas, para diminuir o peso, o impacto, o ridículo de uma mulher de quarenta e nove anos com inquietações adolescentes. Finalmente, perguntou num tom falsamente casual:

— Vou me apaixonar outra vez e viver uma intensa experiência de plenitude?

Ele virou uma carta e ficou em silêncio. Vívian garantira que ele era um ser iluminado, um verdadeiro mago. Ana se sentia diante de um oráculo que iria sentenciar sobre sua vida, apontar seu destino, o caminho e as pedras.

— Sim — ele respondeu. — Vai viver uma grande e importante relação. E você já o conhece — ele continuou, virando a segunda carta.

— Conheço? — ela perguntou, incrédula.

— Está a seu lado, você não o vê porque é cega.
— É esse homem que voltei a encontrar?
— Você já o conhece — repetiu o bruxo. — Será uma longa e importante relação.
— Eu não quero me casar — Ana se apressou em esclarecer.
— E não se casará. Mas será como um casamento. E você ficará viúva e dará continuidade à obra dele. Esse homem realiza um trabalho muito importante.

Mentalmente selecionou algumas possibilidades, inclusive o afamado letrista de música popular com quem tivera um caso depois de sua separação.

— Ele escreve? — Ana perguntou.
— Escreve muito bem — respondeu o bruxo.
— E será uma relação de paixão?
— Evidentemente.

Então não podia ser o afamado letrista. Seus encontros careciam de emoção e o sexo entre eles era ocasional e quase sempre complicado.

— Esse homem tem alguém ou está sozinho? — ela perguntou, pensando em Bruno.
— Ele está a seu lado.

"Se o Bruno escrevesse, seria ele", ela pensou. Mas tinha a sensação de que essa história já havia sido escrita, desejava algo novo, um marco, *ecce homo,* um homem ainda sem rosto e que, entretanto, seria capaz de reconhecer.

— Ele realiza um trabalho tão importante que será transformado por você num objeto de culto.

"Quem será?", perguntava-se, enquanto examinava a estante do bruxo. Para sua surpresa, os livros que ali estavam não eram sobre o saber hermético, mas obras de Thomas Mann, Max Brod,

Hesíodo, Virgílio, boa ficção, biografias, uma literatura surpreendente para um mago.
— Você lê Virgílio em latim?
— Leio. E você, o que faz?
— Escrevo.
— Eu também.

"Pronto, mais um escritor esotérico", Ana pensou imediatamente.

— Escreve? — indagou, neutra, procurando esvaziar a pergunta de qualquer intenção depreciativa. — Onde seus livros podem ser encontrados?

— Em qualquer livraria especializada — ele respondeu ao seu interesse hipócrita. — Mas há sempre alguns exemplares com a secretária. Sobre o que escreve?

— Escrevo poesia. E você?

— Sobre o que sei, meu trabalho, minha experiência. Gostaria muito de ler seus poemas.

— Vou selecionar alguns — disse Ana, duvidando de que ele realmente estivesse interessado.

— Você é uma romântica cética — ele afirmou, irônico.

— Tenho a Lua em Capricórnio, faz parte da minha personalidade ter dúvidas. E, na minha idade, seria ridículo se não as tivesse.

— Você é muito desconfiada — ele afirmou, bem-humorado, e, em seguida, perguntou se ela gostaria de fazer uma energização. Ana respondeu que sim, sem saber o que seria essa energização. Estava surpresa, perplexa, confortada pela idéia de que a consulta com o bruxo não tinha sido uma tolice ou perda de tempo. Ele era mais arguto do que imaginava, Vívian tinha razão em se impressionar.

— Seu mantra — disse o bruxo, estendendo-lhe um pequeno papel. — Repita para si mesma essa palavra.

E saiu, deixando-a sozinha em frente à luz de uma vela. Estava de costas para a porta quando ele retornou e colocou as mãos sobre as suas. Ana não saberia nomear a sensação quente e vigorosa que se estabeleceu entre os dois, e também não lhe perguntou o sentido de cada gesto. Ao entrar ali, estabelecera um pacto. Fazia parte do pacto render-se ao ritual.

— Você é bruxa — disse ele, animado.

E Ana respondeu, imodesta:

— Eu sei — embora se considerasse uma ínfima, ignorante catecúmena dos mistérios da bruxaria.

Ele a fitava intensamente. Era um homem grande, de cabelos grisalhos, olhos oblíquos e sobrancelhas arqueadas.

— Você tem um olhar parecido com o de Papus — disse Ana, lembrando-se da foto do mago no Père Lachaise.

Mas o bruxo não gostou da comparação.

— Não é isso.

— O que eu quero dizer é que ambos têm um olhar de quem enxerga além e através.

— Não é isso — ele repetiu, obrigando-a a admitir que a menção a Papus tinha sido um recurso para disfarçar sua perturbação.

— Você sabe que entre nós deve haver apenas verdade.

E a dispensou.

Ana saiu da sala confusa, aturdida, intrigada, mas, apesar da sua excitação, sentia-se mais leve e em harmonia com os seres e as coisas.

— Amanhã à mesma hora? — perguntou a secretária.

— Amanhã? — repetiu, distraída.

— A segunda energização.

Ana se perguntou se valeria a pena voltar no dia seguinte e nos meses subseqüentes para as sessões de energização e enfrentar o trânsito, a sala de espera, as outras consulentes, as declarações sobre o antes e o depois, as conversões, as regenerações, o mau gosto e o discurso duvidoso que costuma cercar o esoterismo e os esotéricos, e se ouviu responder:

— Amanhã à mesma hora.

No carro, ligou para Vívian e agradeceu a indicação.

— Ele não é incrível? — perguntou Vívian, excitada.

— A gente se fala no jantar.

— Você vai contar à Luz?

— Qual o problema de contar pra Luz?

— Ela detesta essas coisas.

— Mas nós não — disse Ana, desligando o celular.

E à noite, enquanto cozinhava, partilhava com a amiga a extraordinária experiência.

— Já ocorreu a você que tudo isso é sua impressão, sua leitura e que as coisas talvez não sejam assim tão mágicas? — perguntou Luz, cheia de cautela.

— Ele me disse que sou uma romântica cética e você é só cética, Luz! Por que não acredita em nada? Você devia marcar uma consulta com esse cara — sugeriu Ana.

— Por que vou pagar para saber o que vai me acontecer se será inevitável?

— Eu não vou discutir com você — disse Ana, irritada e já arrependida da impulsiva confidência.

— E você vai ver esse homem outra vez amanhã?

— Vou.

— É assombroso — disse Luz, balançando a cabeça.

— É mais que assombroso. É um bruxo que lê Heine em alemão e Flaubert em francês — explicou Ana, como se o refinamen-

to literário lhe conferisse uma credibilidade adicional, capaz de justificar seu retorno. — E ele escreve.
— Que perigo! — respondeu Luz.
— Foi o que pensei, mas talvez não seja tão ruim, afinal.
— Tudo isso porque o homem da sua vida está ao seu lado e você não é capaz de enxergá-lo? — Luz perguntou, mordaz.
— Assim ele falou.
— Alguma idéia?
— Nenhuma — respondeu Ana. — Quase todos os escritores que conheço estão indisponíveis.
— Ele disse que era escritor?
— Disse que escrevia e é um homem de cujo trabalho serei guardiã.
— Pense em alguém como Gandhi — disse Luz, sorrindo zombeteira.
Ana não quis argumentar, ainda estava sob o impacto da experiência com o bruxo, mas, quando Vívian chegou, o tema fatalmente voltou à baila.
— Luz jamais vai admitir que existe uma realidade mais abrangente do que esta que a gente vive!
— E você nunca vai admitir que nem todas as pessoas se interessam por essa tal de realidade abrangente!
— Você tem medo, Luz. Medo de se confrontar com uma evidência que vai colocar em xeque a maior parte dos seus conceitos.
— Eu não acredito que nós estamos discutindo por causa de um bruxo! — disse Luz.
— Ele é extraordinário — replicou Vívian.
— Como também era o astrólogo do Rio de Janeiro e a quiromante de Campos do Jordão!

— Você acha tudo isso uma bobagem, não é? — perguntou Vívian, irritada.
— Eu só queria saber onde o cabalista argentino se encaixa nessa história.

Um dia Vívian oferecera um jantar em homenagem a um cabalista de Buenos Aires e ele dissera a Ana, no exato momento em que ela lhe fora apresentada, que nenhum homem jamais a iria suprir.

— Perca as esperanças — dissera suavemente com a mão dela entre as suas. — Não existe o homem que você imagina. Existem homens, e em cada um você encontrará uma qualidade e um encanto.

Ana havia contado à Luz, que agora exumava essa história para contrapô-la às previsões do bruxo.

— O que esse cabalista falou faz todo o sentido! Não existe príncipe encantado!

— Como não existe? E o Sérgio, o que é na sua vida, Luz?!

— É meu marido, foi meu primeiro homem, crescemos juntos. E não é sempre um príncipe!

— O casamento de vocês é o melhor das minhas relações! — rebateu Ana.

— Não pense que tem sido fácil mantê-lo.

— Que mais o bruxo falou? — indagou Vívian, curiosa.

— Disse que o Leonardo vai mudar de emprego e de cidade e que o casamento da Paula está em crise.

— E se isso for verdade, Luz? Se acontecer mesmo o que ele previu, você vai se render aos fatos ou dizer como de hábito que é mera coincidência? — Vívian perguntou.

— Chega, Vi! — disse Ana. — Vamos parar com essa discussão!

— Já parei! Não adianta nada argumentar com uma psicóloga que não acredita em inconsciente coletivo! — resmungou Vívian, que não compreendia por que, em nome da razão, Luz podia rejeitar a evidência de que o mundo era mágico em seu funcionamento e nem tudo era controlado por leis explicadas pela ciência.

— Você não sabe como eu gostaria que acontecesse a Ana o que o bruxo vaticinou.

— E o que ele falou de tão bom?

— Parece que eu já conheço o homem da minha vida.

— Eu sempre achei que o Bruno era o homem da sua vida — sentenciou Vívian.

— Seria bom que fosse — reiterou Luz.

— Bruno não vai se separar da Maria Eugênia. E não estou mais apaixonada por ele, infelizmente.

— Mas ele escreve — Luz continuou. — Eu me lembro das cartas que Bruno escrevia. Ele tinha um belo estilo.

— Ele tem um belo estilo, mas não conseguiu se tornar escritor, e o perfil do homem que o bruxo anunciou não tem nada a ver com Bruno.

Dissipadas as divergências e na segunda garrafa de vinho, Vívian propôs a Luz:

— Se for verdade essa história da crise conjugal da Paula, você nos paga um jantar.

— Eu acho que não iria me divertir nesse jantar — disse Ana, pensando na filha.

Na segunda visita ao bruxo, Ana decidiu comprar um dos seus livros e, enquanto aguardava sua vez na sala de espera, começou a folheá-lo. O tema era cabala egípcia, e para seu alívio ele escrevia bem. Na orelha do livro uma pequena biografia informava que o bruxo era judeu, diplomado em Filosofia, e teria abandonado a carreira acadêmica para se tornar uma espécie de sacerdote hierofante. O bruxo era chamado de professor com reverência, "é um sábio", comentou uma das iniciadas. Fundara em Santa Catarina um centro de estudos avançados sobre egiptologia e mantinha diversas obras assistenciais. Na foto da contracapa aparecia cercado de sorridentes internos de uma de suas instituições.

— Você escreve muito bem — disse Ana ao entrar na sala dele. Teve vontade de acrescentar: "o que é raro no seu ramo", porém não desejou colocá-lo na vala comum dos magos que escreviam e quase sempre o faziam mal. Apenas lhe estendeu o livro para que o autografasse e ele escreveu com caligrafia angulosa: "Por fim nos encontramos".

Ela olhou para ele sem entender, enquanto se perguntava o que aquilo queria dizer.

— Você sabe o que está sucedendo — disse o bruxo.

— Sei? — perguntou ela, confusa.

— Você sabe que entre nós deve haver somente verdade — ele disse, abraçando-a fortemente. — Você sabe — acrescentou, deixando a sala.

Ana não sabia, mas a interrogação se instalara. Quem seria esse homem, o que pretendia, o que significava "Por fim nos encontramos"?

Em casa ligou para Luz, muito excitada, para contar o acontecido.

— Era mais ou menos previsível — a amiga respondeu.

— Não para mim, até ele escrever preto no branco: "Por fim nos encontramos".

Ana estava perplexa, assustada, e narrou em detalhes a segunda entrevista com o bruxo. Afinal o mistério da primeira consulta começava a fazer sentido. "Você sabe que entre nós deve haver apenas verdade. Você sabe."

— Ele atrai você?

— Fisicamente não, mas essa história é contundente demais para ser ignorada. Ninguém me disse isso, não dessa maneira tão explícita e tão clara.

— Relaxa, faz uma energização, essas coisas que você gosta de fazer. Vai ajudar a controlar essa ansiedade.

— Qual o problema com a minha ansiedade?

— Ninguém raciocina nesse estado.

— E quem diz que eu quero raciocinar? — Ana perguntou.

— Você não acha que está na hora de criar juízo?

— Não.

— Afinal quem é esse homem? Você o conhece, sabe quem ele é?

— E que importância tem isso neste momento? Ele é um bruxo conhecido, a Vívian o freqüenta há dois meses...

— Desculpe, mas chegou meu paciente — disse Luz, desligando.

E Ana, incontinenti, sentiu sua exaltação desabar. Sem interlocutora, sua ansiedade soava ridícula, talvez fosse isso que Luz pretendesse e a desculpa do paciente fosse apenas um recurso técnico que afinal funcionara. O que um minuto antes parecia tão forte agora era absurdo demais para ser considerado. Luz provavelmente estava certa: o fato é que Ana não sabia quem era o bruxo, ninguém sabia, nem mesmo Vívian. Os livros na estante eram o único elo que a ligava a ele, suas preferências literárias eram o único elemento que lhe permitiria esboçar precariamente um perfil daquele homem. Além disso, era um sacerdote hierofante e uma autoridade em egiptologia, mas Ana não sabia o que era um sacerdote hierofante nem se interessava pelos mistérios do Egito.

Na sala de espera, antes da primeira consulta, uma mulher lhe perguntara o que tinha sido em outras vidas e Ana educadamente respondera que não entendia de reencarnações.

— Eu fui princesa no Egito. Será que você também viveu lá?

"Se vivi, fui a primeira a chegar do outro lado quando Moisés abriu a passagem no mar Vermelho", pensara Ana, mas respondera polidamente:

— Não, eu nunca vivi no Antigo Egito.

Se existisse reencarnação, Ana pensara, jamais teria sido egípcia, embora pudesse ter sido um judeu no Egito, um judeu de Alexandria com sede de cultura grega, um judeu sob o domínio dos turcos com os olhos voltados para a Europa, uma judia dançando um foxtrote em Alexandria às vésperas da Segunda Guerra Mundial.

Era a afinidade com os judeus e não o Egito que a aproximava do bruxo. "Por fim nos encontramos", ele dissera. Era uma declaração muito grave, mas talvez esse tipo de abordagem fosse uma prática corriqueira e o bruxo não passasse de especialista em corações solitários, um sedutor espertalhão que sempre dizia o que a consulente esperava para manter cativa sua clientela.

Ansiosa, ligou para Vívian e discretamente perguntou se ela sabia de alguma insinuação ou movimento semelhante.

— De onde você tirou essa idéia? — estranhou ela. — Ele é um homem seco, sério e profissional. Por que você quer saber? O professor foi inconveniente com você?

— Não, claro que não. Foi impecável — disse Ana, encerrando a questão.

O fato é que o encontro com o bruxo a deixara num estado de exaltação que há tempo não experimentava, tinha vontade de escrever, derramar-se outra vez, tocar profundamente o que sentia, estava encantada com essa experiência, mas, com exceção de Luz, não desejava partilhá-la com ninguém.

No início da noite, Cláudia ligou, muito aflita:
— Se Leonardo passar por aí e disser que vai para o interior, pelo amor de Deus, faça ele mudar de idéia! — implorou ela.
— Como é? — perguntou Ana, pensando imediatamente no bruxo.
— Ele vai contar para você! — disse Cláudia.
Antes que Ana pudesse retrucar, a campainha tocou e ela correu para abrir a porta para o filho.
— Estava falando com a sua mulher.
— Ela está puta comigo.
— O que está acontecendo com vocês?
— Acho que vou ser mandado embora do banco.
— É impressão sua ou você tem motivos concretos para concluir assim?
— As duas coisas. Meu chefe sabe que eu sei que ele é uma fraude.
— Dizer que o rei está nu não é muito sábio em épocas de crise — disse Ana, vendo o filho se acomodar na grande *bergère* em frente à televisão. Desde menino era sua poltrona favorita, disputava-a com Pedro, que se sentia usurpado toda vez que chegava à sala e via o filho ali.
— Desinfeta, vamos.

Leo se levantava, contrafeito, enquanto Paula, muito satisfeita, se ajeitava ao lado do pai.

— Se quiser, também pode sentar aqui — dizia Pedro.

— Não gosto de ficar amontoado — resmungava Leo.

— Você não espera que eu ceda a *minha* poltrona para você, não é? Você sabe muito bem que os grandes primatas não fazem isso.

— Tudo bem, pai — respondia Leonardo, caminhando para seu quarto.

Leo gostava de ficar só, desde bebê passava horas sozinho no quarto, ao contrário de Paula, que chorava desamparada quando não havia ninguém à sua volta.

— Eu não disse que o rei está nu.

"Nem era preciso dizer", pensou Ana. Leonardo sempre fora perceptivo e sua reserva só aumentava o desconforto das pessoas que sentiam quando ele sabia demais; sobretudo o das que haviam cometido alguma infração.

— Talvez uma mudança de emprego faça bem a você — disse Ana, pensando no vaticínio do bruxo.

— Que mudança de emprego, mãe? Emprego acabou.

— E o que você pretende fazer?

— Mudar para o sítio do meu sogro num primeiro momento. Depois, com calma, compro uma chácara pra mim.

— E viver do quê?

— Criação de galinhas-d'angola, ou perdizes, ou faisões, ou *escargots*. Ou vou plantar cogumelos, ou endívias. Ou as duas coisas — respondeu Leo calmamente.

— A sua mulher não vai agüentar. Ela é muito urbana.

— Mas eu não. E cada vez mais odeio isto aqui, esta corrida de ratos sem sentido e sem propósito.

— Você está preparado para uma crise conjugal? — perguntou Ana.

— A Cláudia vai se acostumar — disse Leo.

— É perto de Campinas, que é uma puta cidade com *shopping center*, boate, clube, cabeleireiro e todas essas coisas de que ela gosta.

— Um bruxo me disse que haveria uma mudança em sua vida. E que seria para melhor — acrescentou Ana.

— Eu não acredito em bruxos, mãe.

— Não faz a menor diferença você acreditar ou não acreditar. Se for seu destino.

— Também não acredito em destino — disse Leo.

"Você vai embora, e eu?", Ana tinha vontade de perguntar. "O que faço com a saudade, o que faço às quintas-feiras, quando você não vier mais jantar aqui?"

— Vou sentir muito a sua falta — ela disse, abraçando o filho, e seu coração se apertou enquanto o abraçava.

Não era apenas Leonardo homem feito que ela estreitava, mas o bebê que brincava sozinho no berço, o menino quieto e circunspecto, o garoto que só gostava de esportes individuais e que intuiu que Bruno era seu amante no momento em que os viu juntos.

— Quer ver como ficou o livro de poesias que a sua mãe escreveu? — perguntara Ana, mostrando o volume que acabara de sair e justificando a presença de Bruno em sua casa. — Não está bonito?

Leonardo assentiu em silêncio e saiu da sala sem olhar para o livro.

— Ele sabe de nós — dissera Bruno.

Leonardo sabia, sempre soubera quando Ana estava apaixonada, e Ana, culpada, se esmerava em ser uma mãe melhor, mais amorosa, mais dedicada, mais compreensiva, embora ele jamais insinuasse que sabia ou a olhasse como se soubesse; ao contrário, escondia dela sua constrangedora descoberta, discreto, cuidadoso, preocupado.

— Também vou sentir sua falta, mamãe. Mas o sítio só fica a uma hora e meia daqui.

— Se a mudança fizer você feliz... — disse Ana num tom abnegado. Seu poema mais conhecido era sobre o sagrado coração de mãe, invariavelmente publicado em algum suplemento feminino no Dia das Mães. Ana morria de vergonha com as piadas que alguns de seus amigos, sobretudo Ivan, faziam a respeito: "É a quintessência do chinfrim", ele costumava dizer.

— Eu já estou feliz só com a perspectiva de mudar.

— Quando você estiver morando no interior, ligue de vez em quando.

— Mãe, eu não estou indo para a África!

— E seja paciente com a sua mulher — pediu Ana.

— Queria tanto que a Cláudia tivesse vindo com você... Ela não está gostando da idéia de mudar para o interior.

— Besteira. Vai ser melhor para todos nós. Quem sabe a gente se anima a ter um filho. Esse bruxo mencionou alguma coisa sobre isso? — sondou Leonardo.

— E desde quando você acredita em bruxos?

— Não acredito, mas acho engraçado. Conte-me tudo que ele falou.

— Só disse que a mudança vai ser boa para você. Espero que seja verdade. Aliás, espero que seja verdade...

Ana ia dizer "tudo que ele vaticinou", mas pensou na aventada crise conjugal da filha e estacou.

3

ANSIOSA, ANA AGUARDOU a nova sessão com o bruxo. Esperou um sinal, que veio, promissor, quando ela entrou na sala.

— Que bom que voltou — disse ele, abraçando-a ternamente. — Pensei muito em você, se voltaria, se a veria outra vez.

— Como você previu, meu filho vai se mudar para o interior.

— Os filhos se vão e temos de deixá-los ir. Fale de você. O que tem feito? — ele perguntou enquanto segurava sua mão.

— Andei pensando em você e no que aconteceu. O livro, aquilo que você escreveu. O que significa, afinal?

— Não sei o que está acontecendo, não sei o que será, mas sinto que é importante — disse o bruxo.

— Se você não sabe, quem saberá? — disse Ana, desapontada.

— Não temos pressa, não é?

— Não — respondeu Ana sem convicção.

Ele sorriu e, naquele momento, ela desejou que ele fosse o homem com quem iria viver uma experiência de plenitude, um homem sábio, um homem que jamais a desapontaria ou magoaria. Era

o mínimo, pensava, que podia esperar de alguém que selara tão claramente um compromisso ao escrever "Por fim nos encontramos".
— Você é muito só — ele disse. — Nenhum homem a conheceu verdadeiramente.
— É provável.
— E você também não sabe o que é ser amada.
— E saberei? — ela perguntou num tom de desafio.
— Você tem a resposta — disse o bruxo, saindo da sala.
Ana estava muito perturbada, recordava as frases e a intensidade com que o bruxo as tinha dito. Era forte, pensava claro e, ao mesmo tempo, pouco explícito. Desejava saber mais, porém o bruxo não era conclusivo, deixava-a sempre em suspense, obrigando-a a retornar no mês seguinte para ouvir mais uma declaração tão bombástica quanto ambígua, como a que havia escrito no livro — "Por fim nos encontramos".

— Em que sentido? Intelectual, espiritual, físico? Afinal, o que ele quer dizer com isso? — perguntara Luz ao ler a dedicatória.
— Não sei. Não tive coragem de perguntar.
— E, se perguntasse, ele responderia com outra frase que também não diria coisa nenhuma.
— É mais sutil que isso. É como se estivesse jogando um jogo cujas regras desconheço.
— Esse é o jogo mais antigo do mundo. Chama-se sedução e parece que esse senhor sabe jogá-lo divinamente.
— Já pensei nisso.
— Pensou corretamente — disse Luz. — Por que não lhe concede o benefício da dúvida? Você está louca para se apaixonar outra vez, não é?

— Estou. Pela última vez. Uma espécie de canto de cisne intenso, fecundo. Quero, antes de dizer como Neruda "confesso que vivi", me aquecer e consolar com a memória de uma grande e definitiva paixão. Mesmo que seja breve.
— Você se imagina fazendo amor com esse homem?
— Não, não é nada físico. Aliás, para falar a verdade, não sei o que é.
— Procure não se machucar.
— Não me farão mal algumas escoriações — disse Ana, pensando que há muito tempo não descia ao inferno dos sentimentos comuns dos mortais. — O que estou querendo dizer — explicou — é que isso é vital para meu trabalho e para minha alma. Você sabe que quando estou apaixonada escrevo melhor.

Um dia Vívian lhe dissera, apontando a carta da Sacerdotisa do tarô, que ela nascera para transformar chumbo em ouro.

— Está entendendo? Ao traduzir sua dor em palavras, você as transforma num objeto capaz de tocar o coração das pessoas.

— Segundo Vívian, eu nasci para emocionar e me emocionar — explicara a Ivan, para justificar o romantismo de sua poesia.

— Será que você não entende que é exatamente o oposto? Você precisa varrer de sua poesia esse excesso meloso! Depure, contenha-se, Ana!

— Já sou obrigada a me conter em todos os outros setores da minha vida.

— Sou seu amigo, estou lhe dando um bom conselho. Como pode ser tão tola e preferir dar crédito a essa idiota? Porque é isso que a Vívian é. Uma idiota! — frisara Ivan.

— O que ela disse encontrou ressonância no meu coração — dissera Ana com a intenção de provocá-lo.

— Com licença. Estou com vontade de vomitar.

— O lavabo é ali, fique à vontade! — rebatera Ana. E, para atiçá-lo ainda mais, repetira: — Foi para isso que nasci: para emocionar e me emocionar. Quando me apaixono, emociono melhor — arrematara.

— Sabe qual é minha vontade? Dar uma surra em você! Aliás, esse é seu problema! Você nunca apanhou de nenhum homem!

— Apanhei, sim. Apanhei muito, Ivan.

— No plano metafórico. Eu estou falando de surra de verdade.

— Você é um machista insuportável.

— Eu estou do seu lado, garota. Acredite em mim.

No fim da tarde, Paula entrou afogueada perguntando se podia tomar banho e se arrumar para um coquetel.

— Não daria tempo de ir pra minha casa trocar de roupa — justificou. — Como está meu vestido? Muito amassado? — perguntou, ansiosa.

— Eu passo pra você — disse Ana, apreensiva. A ansiedade da filha confirmava as previsões do bruxo. "Ela está apaixonada por outro homem."

— Seu secador está funcionando? — perguntou Paula, entrando apressada no banheiro. — Estou tão atrasada! E esse coquetel vai ser um saco!

"As mulheres são tão óbvias", pensou Ana. Ela mesma tinha sido óbvia até na época em que imaginava estar sendo sutil. Bastava um insistente olhar masculino para que a fêmea emergisse e se sobrepusesse à senhora bem-comportada. "Tudo é possível dissimular, menos o cio", pensou Ana. E Paula estava no cio. Enquanto passava o vestido da filha na área de serviço, ela se perguntava se o genro já detectara o perigo na inquietação da mulher. Caio era médico e trabalhava demasiado. Era possível que levasse certo tempo até perceber que Paula estava olhando para fora, ou talvez fizesse como Pedro, que, ao perceber que Ana estava enamorada, esperava pacientemente até tudo passar.

— Como está seu casamento? — perguntou Ana, entrando no banheiro.

— Normal — respondeu Paula, passando langorosamente o hidratante nas pernas.

— Você está muito bonita — observou Ana, querendo dizer que Paula estava mais bonita que o usual.

— Viu que finalmente consegui emagrecer? — disse, sorrindo para a imagem de seu corpo no espelho.

— Para quem você está se fazendo tão bonita? — perguntou Ana.

— Para mim, para os banqueiros — respondeu Paula, contrariada. — É um coquetel de negócios, não falei?

"Oh, meu bem, a quem você pensa que engana?", Ana teve vontade de dizer, mas achou mais prudente calar. Talvez ainda não tivesse acontecido nada entre Paula e o homem para quem ela se enfeitava, talvez ainda fosse apenas um olhar. Ana conhecia bem os passos dessa estrada, a coreografia que precedia a aproximação, as primícias galantes, as insinuações que nem sempre se cumpriam, mas tinham a virtude de animar um verão. Talvez, de maneira atenuada, fosse essa a função do encontro com o bruxo, e o entusiasmo por ele, a memória de remotos entusiasmos, pensou Ana, desanimada. Era provável que seu encantamento pelo mago fosse passageiro, como era provável que o entusiasmo de Paula por esse homem que a fazia mais bonita logo se dissipasse e ela voltasse a descobrir o marido e os pequenos prazeres do cotidiano.

Quando Paula saiu, deixando atrás de si um halo de perfume, Ana ligou para Luz:

— O bruxo tinha razão. O Leo está se mudando para o interior e minha filha está interessada em outro cara.

— Alegre-se. Se ele acertou essas previsões, poderá acertar as que dizem respeito a você.

— Não me alegro, Luz. Quando Paula saiu, fiquei tão deprimida, tão desanimada com os padrões que se repetem, tão cansada de mim e do meu interesse pelo bruxo! A minha filha vai repetir as minhas cagadas e não posso fazer nada para impedir.

— Quando vou ter de pagar o jantar?

— Esquece o jantar. Isso fica entre nós. Não vou comentar nada ainda com a Vívian — acrescentou Ana, deprimida.

— Que voz é essa, Ana?

— Voz de Jocasta. Eu vou morrer de saudade do Leo.

— Você tem a sua vida.

— É, eu tenho minha vida — disse Ana, pensando que há muitos anos não se sentia tão só.

— Você ainda escreve de vez em quando ou desistiu de vez? — Ana perguntou a Bruno na primeira oportunidade.

— Não, não tenho tempo para escrever, Ana.

— Isso não é desculpa.

— Talvez eu não tenha talento ou vocação, ou ambas as coisas.

— Você não se permite. Por que não se permite? — Ana perguntou.

— Minha cara, se eu tivesse me casado com você, tudo seria diferente.

Não seria, Ana sabia que não seria, e se recusava a ser cúmplice da sua ilusão.

— É injusto você insinuar que sua mulher o impediu de fazer alguma coisa.

— Eu preciso pôr a culpa do meu fracasso em alguém!

— Você não é um fracassado. É um homem de sucesso. Pare de se lamuriar.

— Eu fico péssimo toda vez que penso no livro que não escrevi porque não houve nada que eu quisesse mais.

Desde a adolescência, Bruno escrevia contos e sonhava em fazer parte do grupo que freqüentava a sala do patrão. Um dia muniu-se de coragem e suplicou ao Poeta que lesse uma de suas histórias. Depois de meses de espera, o veredicto foi implacável.

— É muito ruim, meu filho. Muito ruim — reforçou o Poeta na frente de todos, enquanto Bruno servia café.

— Então o garoto tem veleidades literárias?! — perguntou o Cronista, no habitual tom sarcástico.

Bruno nunca se sentira tão vexado. Estava na berlinda, segurava o bule com uma das mãos enquanto com a outra mantinha em equilíbrio a bandeja. E todos os olhos da sala pareciam estar voltados para o seu atrevimento.

— Responda à pergunta que foi feita! — ordenou o livreiro.

— Sim, senhor — disse Bruno com um fio de voz, estendendo-lhe muito trêmulo a xícara de café.

— Parem de torturar o menino! — disse a Bela Escritora no momento em que a xícara se espatifou sobre a mesa do patrão.

— Pode sair — gritou o livreiro. — Já, agora, imediatamente!

Bruno saiu aterrorizado, mas a tempo de ouvir a Bela Escritora dizer:

— Se você mandar o menino embora, eu mudo de editor!

Bruno não foi demitido, mas durante muito tempo foi obrigado a agüentar as ironias do Cronista e as zombarias do Poeta enquanto servia café.

— E, então, como vai o nosso escritor?

Ele abaixava a cabeça, envergonhado, enquanto construía fantasias de revanche. Calaria sua boca e, quando se tornasse um deles, obrigá-los-ia a pedir desculpas e a admitir publicamente o erro de avaliação.

Um dia, muitos anos depois, o Poeta lhe perguntou:

— Você ainda escreve?

— Não, desisti por causa do senhor.

— Pena, Bruno. Você levava jeito.

Bruno pensou em retrucar, mas, olhando para o velho Poeta que ninguém mais lia, lembrou-se dele sentado na grande poltrona, com as pernas balançando infantis e os pés mal tocando o chão, e preferiu calar.

Ana já estava na cama quando o telefone tocou e a voz animada de Vívian a convidou para ir a uma festa.

— Já estou de pijama!

— Que pena, queria tanto apresentar a você um ex-paciente...

— Obrigada, Vi. Mas não estou interessada em conhecer mais ninguém.

— Por quê? Conheceu recentemente alguém tão definitivo assim?

— Não, é que estou cansada — desconversou Ana.

— Você está com uma quadratura de Júpiter, é por isso que está cansada.

Vívian tinha se voltado para a astrologia ao trocar Freud por Jung e, progressivamente, foi incorporando diferentes modalidades de tratamento, incluindo terapias corporais, florais e regressivas. Apresentava-se como psicóloga holística e, ainda que seus métodos e técnicas fossem discutíveis — e, segundo Luz, às vezes insanos —, acabaram lhe valendo um grande espaço em programas femininos e em *talk-shows*. Por fim, a notoriedade lhe deu coragem para escrever um livro de auto-ajuda, *Você não está sozinho*, que se manteve por dois anos na lista dos mais vendidos.

— Eu sou mãe, irmã, polícia, fada madrinha, anjo da guarda, madre superiora e corpo de bombeiros — dizia Vívian, que se orgulhava de promover rompimentos e reconciliações, mudanças de emprego, de cidade, de país e de várias vezes ter invadido a casa de suas clientes, vítimas de violência doméstica, e, de dedo em riste, ameaçar processar os maridos por agressão.

— O pior é que não se pode nem dizer que seja picaretagem, porque ela acredita realmente que ajuda as pessoas — dizia Luz.

— Sou Peixes com a Lua em Peixes, nasci para ajudar os outros — justificava-se.

— Mesmo quando os outros não querem ser ajudados — ironizava Luz.

Vívian nunca perguntou o que Luz achara do seu livro, nem sequer se o tinha lido.

— É claro que não posso esperar que alguém tão ortodoxo se interesse por esse tipo de coisas. Mas felizmente muita gente se interessou — dizia, vingada.

Com os direitos autorais passou um ano vagando pela Índia, Tibete, Califórnia e Peru e, na volta, comprou uma casa de campo na Serra da Cantareira. Tinha tudo o que queria, menos um namorado.

— Não tem homem neste país, entende, Ana?
Vívian ficara perplexa quando Ana começou a sair com Raul Guimarães.
— O quê, o compositor?
— É. O letrista, Vi.
Porém seu maior espanto foi quando ela reatou com Bruno. Ana minimizava a importância desses homens, ressaltando seus problemas. Raul era alcoólatra e Bruno, como ela bem sabia, casado.

— Eu avisei a você que ia ser assim — dizia Vívian, que gostaria de ter um namorado, ainda que fosse um alcoólatra, ainda que fosse casado, pois afinal, quando procurara o bruxo, fizera-o por uma razão muito semelhante à de Ana: — Será que nunca mais vou dizer "eu te amo", professor?

Delicadamente o bruxo se escusara:
— Você tem seu trabalho, é uma mulher bem-sucedida, por que deseja complicações?
— Mas não tem ninguém, nem um namorado, professor?
— Tem uma missão. A sua missão de ajudar o próximo. E nessa tarefa talvez você encontre alguém.
— Então pelo menos tem *um* homem, professor! — disse ela, confortada.

Por discrição e delicadeza, Ana não revelara a Vívian que na segunda sessão o bruxo escrevera "Por fim nos encontramos". Também não queria que ela se intromettesse na vida de sua filha, como se intrometera na sua.

— Você está louca? Largar o Pedro pra ficar sozinha, é isso que você quer, ficar sozinha? Olhe pra mim, sua imbecil! Meu último namorado foi embora quando parei de menstruar, me trocou por uma fulana de vinte e cinco anos, e não foi nada pessoal, é biológico! Os homens querem uma mulher que seja capaz de procriar!

— Não dá, Vi, meu casamento acabou, morreu, está morto há muitos anos e você sabe disso!

Nos meses que precederam a separação, era comum ser acordada no meio da noite pela voz estridente de Vívian e seus apelos melodramáticos:

— Você agüentou até agora, Ana! Custa agüentar um pouco mais?

— Mais quanto? Dez, vinte anos é muito tempo! Eu estou começando a somatizar, vivo fazendo candidíase para não transar com o Pedro!

Vívian, porém, só se acalmou ao descobrir no mapa de Ana uma conjunção de Urano e Netuno na casa Sete.

— Não há o que salve seu casamento — concluiu, desolada. — Coitado do Pedro. Você ficaria chateada se eu saísse com ele para jantar? Alguém precisa ajudar esse homem a aceitar a separação.

O que Ana temia em relação a Vívian era exatamente o tipo de assistência que ela prestara a Pedro meses antes e depois da separação. A terapia de apoio incluíra um fim de semana na casa da serra, onde Pedro conheceu uma ex-paciente de Vívian e com a qual começou a namorar logo em seguida.

— Qual é o problema? Os dois têm tudo a ver — explicou alegremente.

Ana e Luz se entreolharam, pasmas.

— Espera aí! Você está chateada porque apresentei o seu ex a outra pessoa?

— É claro que estou! Você é minha amiga, isso é uma tremenda falta de ética! O que é que você está querendo provar com isso, Vi?

— Mas, afinal, você quer ou não quer o Pedro?

— Inércia afetiva, Vi. Sabe o que é isso? — perguntou Ana. — A gente não gosta de perder nem o que não quer mais.

4

— A PAULA TELEFONOU? — Ana perguntou a Iraci.
— Faz tempo que ela não liga!
"Oito dias", pensou Ana. Desde a semana anterior, Paula não dera sinal de vida, o que indicava que a filha não queria conversar com ela sobre sua crise conjugal. Preocupada, ligou para a filha para sondar:
— Como foi o coquetel?
— Legal — disse Paula, num tom que deixava claro que não queria se alongar sobre o assunto.
— E o Caio, as crianças, tudo bem?
— Tudo — respondeu laconicamente.
— Espero vocês na quinta para jantar.
— Na quinta, não, mamãe. Tenho uma reunião de trabalho que não sei a que horas vai terminar — disse Paula, desligando bruscamente.
    Ana ficou um tempo com o fone na mão, pensando que não havia o que fazer senão ser espectadora da história da filha. Depois,

foi para a cozinha preparar o peixe favorito de Ivan, que, no início da tarde, ligara se convidando para jantar:

— A Celinha está na praia com as crianças. Você não quer fazer aquele linguado no *roquefort* que eu amo? Eu levo o vinho branco!

— E você acha que eu vou abrir a porta da minha casa para você, depois daquela matéria torpe sobre poesia?

— Está irritada por quê? Eu nem citei você!

— Você me tem em tão baixa conta que nem se digna a falar mal de mim!

— Eu chego às oito com um chicotinho para você se vingar do homem mau, está bem? — disse ele com uma gargalhada.

— Biltre! — disse Ana, desligando o telefone.

— Está precisando de ajuda? — perguntou Iraci, já vestida para sair.

— Não, esse peixe é fácil de preparar.

— Eu pedi pela Paulinha lá no Centro, dona Ana — disse Iraci antes de sair.

— Ela se abriu com você?

— Falou que não sabe o que fazer.

— Espero que saiba na hora de tomar uma decisão.

— A gente vai rezar por ela, dona Ana.

"Será que eu ainda sei rezar?", perguntou-se Ana enquanto amassava o queijo com o garfo. Nos últimos dias pensava obsessivamente na filha, no genro e nos netos, o mais novo tinha oito anos, a idade de Leonardo quando Ana se apaixonou por Antenor, o primeiro homem com quem se envolveu. Era seu aluno de pós-graduação, o mais velho da classe, "é um grande líder operário", murmuravam os colegas respeitosamente. Ana olhou para o homem reservado que se sentava sozinho no fundo da sala e sorriu para ele. Antenor esboçou um sorriso, mas imediatamente abaixou a cabeça, embaraçado.

"É assim que tudo começa", pensava Ana, "como uma curiosidade." Gostaria que a filha mantivesse a calma e o controle da situação e, já que era inevitável, que soubesse a hora de entrar e de sair dessa aventura sem se machucar demais.

— Algum problema? — perguntou Ivan ao entrar.
— Onde está o chicote?
— A sua língua é mais contundente, garota.
— Eu devia romper relações com você!
— Não é só comigo que você está chateada! Vamos lá, o que aconteceu?
— Nada — desconversou Ana.
— Pode se abrir. Sou seu melhor amigo.
— Não confio em jornalistas.
— Mas eu sou um jornalista psicanalisado.

Ana riu e se perguntou se Ivan seria aquele homem que ela não conseguia enxergar porque era cega. E concluiu que não.

— Como vai a vida? — perguntou Ana, colocando o vinho na geladeira.

— Ela continua me rejeitando — disse Ivan, referindo-se a uma colega de trabalho pela qual estava apaixonado. Ana suspeitava que a intensidade da paixão se devia à intensidade da recusa. A moça era casada, malcasada, segundo Ivan, porém resistia bravamente ao seu assédio.

— Ela faz muito bem em resistir. Você não é de confiança.
— Com ela tudo seria diferente e eu seria diferente também — disse Ivan, convencido de que seria fiel a essa mulher.

— Ela só é interessante enquanto resistir, dom Juan! — disse Ana rindo.

— E o Bruno, como vai? — perguntou enquanto se servia de uísque. — O caso continua?

— Hum-hum — respondeu Ana.

— Mais entusiasmo, por favor.

— É bom, mas falta alguma coisa, compreende?

— E o compositor de *jingles*? — perguntou Ivan, mordaz.

— Não seja viperino. O Raul escreveu letras magníficas.

— Há quinhentos anos.

— A Música Popular Brasileira acabou, Ivan.

— Quem acabou foi o Raul Guimarães.

— O que é que tem de mais ele compor *jingles*? Ele precisa comer.

— Ele é um bosta e eu nunca entendi a sua relação com esse cara!

— Gostava de sair com ele pelos bares da vida. Eu tenho um pé na baixa noite, não se esqueça disso.

— Vocês trepavam? Se é que ele ainda consegue trepar...

— Minha vida sexual não é da sua conta, Ivan.

— Um cara que enche a cara toda noite só pode ser brocha.

— Ele parou de beber quando descobriu que estava com cirrose.

— Com tantos homens na Terra, por que foi se envolver justamente com esse bosta?

— Não há tantos homens na Terra. E vamos mudar de assunto, Ivan.

— Desculpe, mas ainda há uma última coisinha que eu gostaria de acrescentar.

Ana olhou para ele, fatigada.

— Por que ele e não eu? Por que teve um caso com ele e nunca comigo?

— Não há nada mais letal para uma amizade do que o sexo.

— Besteira. Garanto que eu seria uma opção melhor do que ele.

— Por favor — disse Ana num tom cansado.

— Em todo caso, me alegra saber que você não está mais saindo com aquele babaca.

— O "babaca" é um dos grandes poetas da música popular, Ivan!

— Escreveu duas letras razoáveis. As outras são medíocres. Ele se dá uma importância que não tem por culpa de pessoas complacentes como você. Aliás, essa é a doença deste país. A complacência.

— E você, pare de ser maledicente! Não sei como ainda não morreu afogado no próprio fel.

— E essa coisa com o Bruno, como é que é?

— É uma relação intelectual e afetiva. E sexual, evidentemente.

Ivan balançou a cabeça.

— Sabe que é um traço esquizofrênico isso de manter sentimentos e pessoas em compartimentos separados?

— E é possível viver o cotidiano de outra maneira? Faz parte do manual de sobrevivência fazer esses recortes — disse Ana.

— A vida tem de ser maior que isso! O problema todo é que as pessoas têm medo. Eu inclusive.

Ana fitou Ivan e se perguntou por que não tiveram um caso, por que resistira ao assédio, se ele era exatamente do tipo que sempre a atraíra, inteligente, culto e mordaz e, ainda por cima, um belo homem. Ainda era muito bonito, apesar da barriga proeminente e dos cabelos que rareavam.

— Uma vez um cabalista disse que nenhum homem iria me suprir — disse Ana.

— E você acredita nessas tolices.

— Foi a coisa mais triste que alguém podia me dizer. Ele praticamente liquidou com a minha esperança de encontrar o homem com quem poderia viver uma extraordinária experiência de parceria e simetria.

— Isso é quimera, desista, garota!

— De certa maneira desisti. Afinal, o que tenho feito senão me compensar com o Bruno e amigos como você? Vivo de acordo com os recursos disponíveis, vivo o que me é dado viver dentro das circustâncias — frisou.

Mas no fundo Ana aspirava à integração, à plenitude, como dizia. Era esse o teor da pergunta que a levara ao bruxo, a todos os bruxos, para saber se lhe seria dado viver um encontro definitivo com alguém.

— A fusão é uma fantasia — disse Ivan. — Uma miragem.

— Quando fazemos amor com alguém somos um só.

— Breve e ilusória sensação. Depois do orgasmo a gente se afasta um do outro.

— Os homens se afastam. As mulheres não.

— Isso só ilustra a diferença e a nossa solidão original. No começo era um só. E no fim também será — sentenciou Ivan.

— Uns poucos conseguem. Não a fusão, mas a idéia de plenitude. A Luz conseguiu com o Sérgio.

— E quem seria essa pessoa com a qual você viveria uma experiência de plenitude? — Ivan perguntou, derrisório.

— Um mago — respondeu Ana.

Ivan deu uma gargalhada.

— Isso não existe!

— Pasme. Existe.

— O que existe é muito cinema e baixa literatura enchendo a cabeça das pessoas de bobagens, inclusive a sua.

— O que você chama de bobagens é a matéria de que se nutre a maior parte da poesia. A boa e a ruim.

— Só espero que você não termine seus dias como letrista de dupla sertaneja — ele disse, irônico.

Para Ivan o amor não tinha a menor importância, embora tivesse seu lugar, que certamente não era o lugar que Ana imaginava ou atribuía em sua condição de mulherzinha sentimental. Ele tinha um profundo desprezo por tudo o que fosse arte das massas ou valorizasse emoções baratas e freqüentemente criticava a poesia de Ana, acusando-a de ser melosa e sentimental.

— A valorização do amor foi uma tragédia para o ser humano e as instituições como um todo. Por que o casamento tem de ser mais que uma sociedade civil entre duas pessoas, objetivando o bem-estar da prole?

— No entanto, você estaria disposto a se separar da Celinha se aquela mulher aceitasse sua mão.

— Já dá para me separar da Celinha sem causar grandes danos às crianças.

— O que eu quero dizer é que você também tem o hábito esquizóide de compartimentar sua vida. Você também acha que poderia viver com essa mulher uma experiência de plenitude.

— Odeio essa palavra — disse Ivan, torcendo o nariz.

— Posso escolher outra palavra, mas isso não vai mudar a essência do que sente por essa mulher que não quer saber de você.

— Com ela tudo seria diferente. É só o que sei.

— É essa circunstância que a torna tão especial, tão singular, tão poderosa.

— Por que ela não me quer? Por quê? — perguntava, inconformado.

— Porque deve conhecer a reputação de Ivan, o terrível.

— Eu não sou assim tão terrível — disse Ivan, encolhendo os ombros.

— Eu já vi você em ação com algumas mulheres.

— Afinal o que está faltando na sua vida?

— É difícil viver sem paixão — disse Ana.

— Você viveu sem paixão por vinte e cinco anos.

— Havia outras compensações. Começando pelas paixões propriamente ditas.

— Quantas foram? — perguntou Ivan.

— Antenor e Bruno. O resto foram flertes, amores discretos de uma só pessoa, travessuras de verão, sondagens, pequenas e ilusórias colisões, inclusive com você.

A relação dos dois começara com Ivan lhe pedindo que traduzisse um poema de Marianne Moore, ela relutando em aceitar.

— Estou pedindo a você porque não confio em mais ninguém para fazer isso! — pedira Ivan no seu tom mais sedutor.

— Tradução não é a minha especialidade.

— Mas a poesia é.

Com o ego devidamente insuflado, Ana debruçara-se sobre Marianne Moore durante toda a noite e, no dia seguinte, voltara à redação para entregar o trabalho.

— Como eu disse, tradução não é a minha especialidade — dissera, estendendo o envelope a Ivan.

Ele abriu, impaciente, e começou a ler.

— Está perfeito, garota — dissera Ivan. — Perfeito — repetira com um sorriso encantador.

Ana retribuíra o sorriso e agradecera timidamente:

— Que bom que você gostou.
— Quer namorar comigo?
— Sou casada.
— Eu também. Não é conveniente?
— Não — respondera Ana na defensiva. — Não é nada conveniente.
— Posso saber por quê?
— Não — dissera Ana, afastando-se de Ivan. Ainda lambia na época as feridas de seu caso com Antenor, estava deprimida, não queria se envolver com ninguém. Muito menos com um notório sedutor como Ivan.
— Por que não tivemos um caso, hein, Ana?
— Se tivéssemos tido um caso, não seríamos amigos. Sexo na maior parte das vezes inviabiliza a amizade.
— Tolice.
— Não é tolice, pelo menos no que me diz respeito. Você não sabe como lamento não ter conseguido ficar amiga do Antenor como fiquei do Bruno.
— Foi só o Antenor e o Bruno?! Engraçado, eu achei que você tinha se envolvido com mais caras.
— Eles foram os mais importantes, o resto não conta.

Ana queria dizer que nenhum deixara lastro, nenhum se inscrevera na memória, eram vultos difusos, frases, traços imprecisos. Era verão, ela estava num bar ao ar livre e havia uma música no ar. Elis Regina cantava *Retrato em branco e preto*, vermelha era a cor do seu vestido e a cor do *campari* e, dentro de Ana, um vago desejo de romance. Lembrava-se das cores, da canção, da clara e tépida sensação naquele fim de tarde, mas era incapaz de recordar quem estava ao seu lado.

— Baixa literatura, baixo cinema, baixo nível. É disso que se constitui o imaginário romântico das pessoas — disse Ivan, excluindo-se da tola multidão.

— Como se a paixão pela sua colega não fosse de natureza romântica — disse Ana, servindo o jantar. — Todos nos parecemos, todos somos humanos, afinal.

— Mas não somos todos iguais. Felizmente as patologias são diferentes — replicou Ivan, abrindo o vinho.

— Analisar tudo sob a ótica da psicanálise é uma deformação — Ana argumentou, pensando que também padecia do mesmo mal.

— Então um mago resolveria seus problemas — disse Ivan, experimentando o vinho.

Ana pensou em responder, mas, intimidada pelo tom de zombaria, preferiu se calar. Ela podia tudo, menos ser ridícula, o que significava que podia muito pouco.

— Você sabe que a minha vida sentimental não é Shakespeare nem Camões, é Dolores Duran, Roberto Carlos e Lupicínio Rodrigues — explicou Ana.

— Alguém que faz um linguado assim pode até gostar de Roberto Carlos. Eu perdôo você, garota.

Ana jogou a cabeça para trás e deu uma gargalhada.

— Você está muito bem — observou Ivan. — Mais rejuvenescida, não sei.

— Acho que sim — disse Ana, misteriosa. Tinha vontade de lhe dizer que estava vivendo uma história bonita, mas não quis contaminá-la pelo sarcasmo de Ivan.

Construía lentamente um universo de referências que seriam os marcos dessa etérea relação. Dentro de alguns anos, os livros, músicas, frases de canções iriam evocar o que vivera e, com o tempo, o vestido, o perfume dariam forma, cor e luz a esse momento da sua história sentimental.

As leis foi o livro eleito, o título a assustara, mas, ao ver a foto da autora na capa, estabeleceu imediatamente com ela uma relação de intimidade. Nos dias subseqüentes, Ana habitou *As leis*. Lia possuída, com a respiração entrecortada, assinalando os trechos em que se reconhecia mais ou que melhor traduziam o que sentia naquele momento.

Como se estivesse vendo a si mesma num filme, Ana pensava que dentro de alguns anos, ao abrir aquele volume, iria se deparar com o tempo detido e talvez olhasse para trás com alguma saudade ou alguma ironia, ou talvez balançasse a cabeça arrependida de sua tolice, ou não dissesse nada, apenas se lembrasse do que tinha sido naquele momento e não era mais, embora fosse possível se reconhecer no desenho de sempre, nos erros de sempre, nos mesmos sonhos, na mesma cegueira, na mesma alucinação e no mesmo desejo de reter o que era fugaz.

Muitos anos antes, com Antenor, tinha sido *Em busca do tempo perdido*, de Proust, e Luís Melodia cantando *Pérola negra*. "Tente passar pelo que estou passando, tente me amar como estou te amando", como se fosse possível o líder operário amar de outro modo que não fosse o seu, honesto, rigoroso e contido, sem concessões ao sentimentalismo pequeno-burguês, o sentimentalismo de Ana, eivado de poética elitista e referências ociosas.

Tempos depois, com Bruno, tinha sido O *quarteto de Alexandria*, Durrell e Roberto Carlos como pano de fundo: "Não adianta nem tentar me esquecer, porque durante muito tempo em sua vida eu vou viver". Entravam no motel e se agarravam com fúria. Ana o amava tanto que chegava a doer, mas nunca lhe dissera "eu te amo", como Bruno jamais lhe dissera "eu te amo". Agora, porém, era fácil dizerem "eu te amo" e serem gentis e generosos um com o outro. E, afinal, cumpriram a letra da canção, "durante muito tempo em sua vida eu vou viver". Por um estranho sortilégio, ambos continuaram atados e, apesar do doloroso rompimento, tinham conseguido a proeza de continuar amigos.

— É prodigioso — dizia Ana, pensando no horror que vivera na fase terminal de sua paixão, quando ela e Bruno se magoavam ferozmente.

Durante semanas os dois testaram sua resistência e capacidade de destruição, as más palavras precipitaram o fim e elas nunca eram o que queriam dizer — as palavras —, nem o seu contrário. Eram contundentes armas de guerra. Nessa época entravam no apartamento do centro da cidade, despiam-se em silêncio, de costas um para o outro, Ana se deitava e o acolhia penosamente como um vício, como uma sina. Faziam amor sem alegria, sem cuidado, sem doçura. Depois do orgasmo, afastavam-se e se perguntavam por que o sexo tinha se tornado uma necessidade tão perversa, por que tudo tinha ficado assim, tão sombrio, tão triste, tão doente.

— Já pensou que a vida está nos dando a possibilidade de reescrever nossa história amavelmente? — Ana perguntou quando retomaram o caso.

Tinham acabado de fazer amor, Bruno apertava ternamente o corpo suado de Ana e sorriu. Em seguida, deitou-se a seu lado e ficaram de mãos dadas. A memória da antiga paixão subsistia nos pequenos gestos, e Ana pensava em quanto era agradável aquele contato, a desenvoltura com que passeavam sua nudez, o prazer do

toque, o cheiro da pele, a franqueza e o bom humor diante das mútuas trapalhadas. Às vezes um botão não abria, um zíper emperrava e eles riam dos tropeços, o inverso da imagem erótica impecável que acabou se tornando parte de sua comédia particular.
Eles se divertiam tanto, eram tão cúmplices, agora, que não se odiavam mais pelo gesto que não tinha sido feito, pela palavra que não era dita, queriam-se tanto, agora, que não exigiam, que toleravam, que compreendiam, agora que não estavam mais apaixonados.

— É isto que você está lendo agora? — perguntou Bruno, folheando *As leis*.

"É isso que estou vivendo agora", Ana teve vontade de responder, mas disse apenas que era um bom romance e que ele o deveria ler.

— "O Astrólogo" — disse Bruno, lendo o título do primeiro capítulo. — Obrigado, mas não suporto literatura esotérica — acrescentou, devolvendo o livro para Ana.

— Não é um romance esotérico, é filosófico. Para a sua informação, a escritora é discípula de Derrida.

— E denomina o primeiro capítulo "O Astrólogo"?

— O que você tem contra a astrologia? Segundo Vívian, é a única ciência exata.

— A Vívian pode dizer isso. Você não.

— Quando ela fez seu mapa, você ficou muito impressionado.

— Nem lembro mais o que ela falou.

— O que você fez com a fita que ela deu a você?

— Joguei fora. Não estou interessado em saber o que vai acontecer.

Ana ficou tentada a lhe dizer que a ela também fascinava a imprevisibilidade e que o hábito de recorrer a bruxos era apenas uma tentativa de ordenar o que não podia ser ordenado. Conhecer o futuro não significava poder modificá-lo, ela mal comandava a criação de seus versos. Concebia-os, mas eles eram autônomos, obedeciam aos seus impulsos e coerências, como ela e a escritora holandesa.

Ao contrário de Ana, a escritora holandesa não procurava nas estrelas a confirmação de que a existência tinha um sentido, porém necessitava encontrar dentro dela ligações em fatos desconexos para conferir à sua vida uma linha coerente e bela. De maneiras diferentes, ambas editavam a vida de modo a transformar o banal num grande acontecimento.

— O que você tem? — perguntou Bruno. — Está inquieta.

— Minha filha está com problemas no casamento — respondeu Ana.

— Quem não está? — disse Bruno, abraçando-a.

— É sério — disse Ana.

— O que mais você tem feito além de ler esse livro e se preocupar com a sua filha?

Bruno não sabia do bruxo, mas, por outro lado, o que havia para saber? Ela nem sequer tivera uma fantasia de intimidade com ele. Ana não se via nua nem o via nu, desenvolta e familiar como era com Bruno, rindo da respectiva decadência física ou examinando preocupada um sinal em suas costas e sugerindo uma consulta ao dermatologista. Sua relação com o mago não fazia parte deste mundo, jamais seria como sua relação com Bruno, terrena e natural, que tinha sobrevivido miraculosamente à ausência, ao tempo e à própria paixão.

— Quando você vem me ver outra vez? — perguntou Ana.

— Talvez na sexta — respondeu Bruno. E na saída informou que estaria embarcando para a Europa na semana seguinte. — Vou para a Feira de Frankfurt. A minha mulher faz questão de ir comigo — disse, desculpando-se.

— Boa viagem — disse Ana, irônica.

— Com ela a viagem nunca é boa.

— Você sempre diz isso e, no entanto, ela sempre vai junto com você.

— Eu sou um fraco. Mas espero que você não me queira mal por causa disso.

— Não... — respondeu Ana, abraçando-o ternamente.

— O que é isso? — Ana perguntou a Luz, referindo-se ao teor de seus sentimentos por Bruno.

— Isso é amor. Sem ansiedade, sem insegurança, sem sobressaltos.

— Ele não é sequer capaz de dizer a Maria Eugênia que prefere viajar a Frankfurt sozinho! Prefere se mortificar a enfrentar a mulher.

— O que precisa acontecer para você se dar conta de que o Bruno é o homem que você não consegue enxergar?

— Ele dizer à mulher que vai para a Europa sozinho, ou que tem um caso comigo, ou qualquer outra coisa surpreendente.

— Ficou decepcionada porque o Bruno não convidou você para viajar?

— Como posso ter ficado decepcionada se não espero mais nada? Você entende agora por que não acredito que o Bruno seja o homem que o bruxo anunciou?

— Você gostaria de viajar com ele?

Ana deu de ombros.

— E se eu quisesse, ele me levaria? Sejamos realistas, Luz!

— Sejamos realistas, você me diz. Mas essa sua história com o bruxo não tem a menor inserção no real.

— Sabe o que você não suporta? É o meu coração de neon, a minha alma de balconista, que a esta altura ainda acredita num homem que virá.

— Esse homem que você espera já morreu. Era seu pai, meu bem.

— Então não é fortuito que tenha me interessado por um homem muito mais velho do que eu.

— Você não precisa mais de um pai. Precisa de um homem. Um homem comum, e eles não são heróis.

— Ainda deve existir alguém capaz de reforçar minha fé no poder do amor e nas letras de Ira Gershwin.

Luz riu e balançou a cabeça.

— Por que não me leva a sério? — perguntou Ana.

— Mas nem você se leva a sério.

— Você se recusa a aceitar que no fundo eu seja uma mulherzinha sonhadora, daquele tipo que procura bruxos para saber que ainda vai amar e ser amada, mas o meu lado mais autêntico não é o da poeta nem da professora de literatura, mas o que acredita em bruxos e astrólogos e encontra mais metafísica nas músicas do Gonzaguinha que em toda a Escola de Frankfurt.

— Quando você pensar no homem da sua vida, esse que o bruxo acenou, lembre-se da cilada que foi para os astecas a chegada dos espanhóis. Os áugures descreviam um deus montado num grande animal e, quando Cortês apareceu a cavalo, foi saudado como o prometido salvador. Depois você sabe o que aconteceu.

— Eu não sou idiota.
— É romântica, o que dá quase no mesmo.
Ana olhou para Luz e pensou em retrucar, mas desistiu. Ninguém melhor do que Luz sabia quanto ela sufocava seu romantismo. Ana se derramava na imaginação e na poesia, mas na prática era discreta e sensata: sua forma de mascarar o contínuo desconsolo. E sempre a expectativa literariamente perfeita se frustrando.
— Eles nunca dizem o que eu quero escutar.
— Porque você os vê como personagens e eles são apenas homens — repetia Luz continuamente. — E sabem que seu papel será sempre secundário no filme em que você é responsável pela produção, direção, roteiro, cenografia, iluminação e sonoplastia.
— Apenas supro lacunas. De outra maneira minhas histórias sentimentais seriam indigentes.
— Elas não seriam apenas simples, meu bem?
— Todos os homens que passaram pela minha vida foram um simulacro dos homens que imaginei, inclusive meu pai.
— Quem mandou ter tanta imaginação? Esses homens não fazem a menor idéia do enredo que você imaginou para eles.
— Sonhar é inevitável, Luz.
— Bruno tem sido um belo parceiro.
— Agora que não tenho nenhuma expectativa. Não é irônico? — disse Ana, balançando a cabeça.
"Você diz que quer se apaixonar, mas não agüenta sofrer e não existe paixão sem sofrimento", Vívian costumava dizer. E era verdade. Nem ela mesma, no auge de sua paixão, suportava viver de maneira tão insalubre, e o rompimento com Bruno quinze anos antes atestava isso.
"Você matou para não morrer", dizia Luz, aludindo ao fato de que Ana se afastara de Bruno para não cair de joelhos e urrar de

dor na sua frente. E também fora assim com Antenor: saíra de cena devastada, mas ainda a tempo de lhe dizer que era melhor assim.

A vida amorosa de Ana tinha sido uma sucessão de desilusões e desencontros, o que talvez a levasse a esperar receber na idade madura algum prêmio da vida.

5

— GOSTARIA QUE VOCÊ FOSSE a Florianópolis para ver minha obra — disse o bruxo.

— Obra? — perguntou Ana, sem entender.

— No fim do mês terminamos mais uma ala para quarenta crianças. Vai haver uma cerimônia de inauguração, vão muitos amigos e queria que você estivesse lá conosco.

Tinha chegado tão excitada, acordara com tão bons pressentimentos e jurava que eles iriam se concretizar quando ele iniciou a frase: "Gostaria que você fosse a Florianópolis...". Ana esperava que o bruxo fosse convidá-la para tomar chá em sua casa, imaginara os dois numa sala *art nouveau* tendo como fundo musical Strauss ou Offenbach. Mas o convite para a inauguração da obra assistencial com tantas outras pessoas subitamente interrompeu a música, a atmosfera de romance e a deixou totalmente desconcertada.

— Sinto muito, mas é final de semestre.

— Lamento que não possa ir — disse ele.

Ana olhou perplexa para o bruxo, tentando adivinhar se ele estava sendo inocente ou perverso e se não havia se dado conta de quanto a frustrava um convite dessa natureza depois de seu memorável encontro.

— Nesta época do ano é impensável viajar — disse Ana, magoada.

— É realmente uma pena — reiterou o bruxo, alheio à sua mágoa.

Ao sair da sala, Ana estava tão arrasada que se perguntou se não era tola aquela frustração. Talvez o "memorável encontro" só existisse na sua cabeça, e sua falha trágica fora escrever um roteiro rápido demais para uma história que não tinha urgência em se definir. Talvez não se definisse jamais. Era uma possibilidade, uma possibilidade cruel, mas uma possibilidade, pois qualquer outro homem podia anunciar o que não iria cumprir ou não cumprir o que prometera, qualquer outro homem podia escrever uma declaração de intenções que se transformaria em letra morta, porque as palavras, como dizia Luz, só têm importância no momento em que são ditas ou escritas, na sua exata contingência e transitoriedade.

— Mas um bruxo não diz, sentencia, e foi o que ele fez ao escrever "Por fim nos encontramos"! — dizia Ana esmurrando o volante. — Eu não estou maluca, está lá com todas as letras — argumentava para si mesma, exigindo que o professor assumisse a responsabilidade daquilo que enunciara.

Durante o dia todo, Ana chorou. As lágrimas lhe vinham incontroláveis, no carro, na sala de aula, no elevador, debaixo do chuveiro. Ana sentia que era um choro antiqüíssimo e necessário. Finalmente, estava lavando a alma.

No dia seguinte, depois da sessão de energização, o bruxo lhe disse:

— Desculpe por ontem. Sou péssimo com os outros.

— O inferno são os outros — ela respondeu, enquanto se indagava sobre o sentido de "sou péssimo com os outros". Seria uma maneira de dizer que não deveria tê-la colocado no mesmo balaio de consulentes que iriam a Florianópolis para a inauguração de sua obra social? Estava quase arrependida de não ter sido mais explícita, de ter escolhido uma frase emprestada — "o inferno são os outros" —, pretensiosa em sua intenção de revelar cultura e refinado humor. Porém, a citação o divertiu, o bruxo lhe apertava as mãos e começou a dizer uma de suas poesias.

— Li seus livros. Seus poemas me revelaram uma mulher muito feminina e muito só.

— Essa sou eu — disse ela. Ana pensou no pai e em sua vida e seus olhos se encheram de lágrimas. O bruxo então pegou sua mão e a beijou.

— Meu pai era psiquiatra, sempre fui analisado, todos os meus atos e palavras. Fiquei tímido — disse o bruxo.

— E eu sou tímida, como vamos fazer?

— Vamos tomar um chá? Na próxima vez que eu vier, no meu hotel, o que acha?

Ana aquiesceu prontamente. Iria a seu hotel e lhe perguntaria sem rodeios se ele era o homem que estava a seu lado e ela não conseguia enxergar.

Na rua, porém, sobreveio o pânico. E se o bruxo dissesse "sim, sou eu", o que faria? Não tinha vontade de beijá-lo na boca, sua sexualidade não fora despertada por ele, provavelmente não o seria jamais. Além disso, não sabia que lugar o profano ocupava na vida dele — o cinema, a música, a paisagem, os prazeres do mundo e os dissabores cotidianos. Como superariam o transtorno, o constrangimento, os detalhes de ordem prática, as vis preocupações, a vida como ela é? Não conseguia imaginar os dois no dia-a-dia, mas apenas como personagens movendo-se em cenários de seu imaginário romântico. Um salão de chá. A amurada de um navio. Um terraço à beira-mar. Luz afinal estava certa ao dizer que essa história não tinha a menor inserção no real, concluía Ana.

— Sabe qual é o único efeito benéfico desse homem? Fazer você chorar.

Numa manhã de domingo, Paula, finalmente, confessou a Ana que estava tendo problemas no relacionamento com o marido.

— Que tipo de problemas?

— Não consigo mais transar, fico inventando desculpas, nosso casamento não está legal.

— Você está envolvida com alguém? — Ana perguntou, direta.

— Tem um cara aí, mas não é nada importante.

— Se tem um cara aí e isso está afetando seu casamento, é importante.

— É justamente o contrário, mãe! Se me interessei por outro, é porque a minha relação com o Caio deteriorou!

— Você se casou apaixonada, tem três filhos, estava tudo bem até um mês atrás.

— Meu casamento está uma bosta desde que eu tive a Laurinha, mãe!

— E o que você pretende fazer a respeito?

— Não sei — disse Paula, angustiada. — Não sei, mas não está fácil voltar para casa.

Ana assentiu, olhando para a filha inquieta, tensa, bonita, e se reconheceu no seu desassossego. A relação com o marido tinha ficado morna e Paula queria mais.

— Todo casamento tem crises, todo mundo passa por isso, é natural que seja assim.
— Eu não vou agüentar vinte e cinco anos um casamento de merda como o seu — disse Paula em tom de advertência.
— Não foi um casamento de merda e ninguém está obrigando você a repetir a minha história!
— Então pare com essa mania de botar panos quentes!
— Estava pensando nos seus filhos. Criança precisa de pai e mãe e de estabilidade.
— E acha que eu tenho menos problemas por você ter esperado que a gente ficasse adulto pra se separar do papai? Acha que eu e o Leo não sacávamos o que estava acontecendo? Acha que não fomos contaminados pela infelicidade de vocês?
— Nós não éramos infelizes. Houve períodos, aliás, em que vivemos muito bem. Cada casamento tem sua dinâmica, e eu não lamento ter vivido tanto tempo com seu pai.
— Quando eu disse que não ia esperar vinte e cinco anos para me separar, também estava querendo dizer que não ia usar os recursos que você usou para empurrar com a barriga um casamento de merda! Em outras palavras, eu não vou me distrair com amantes como fez você!
— Não tive tantos amantes e você não tem o direito de me julgar — disse Ana, com voz pausada e tentando se controlar.
Embora as acusações de Paula fossem verdadeiras, sentia-se profundamente injustiçada ao se lembrar de como a filha tinha sido amada, aprovada e preservada. Quando criança, a história favorita de Paula era a da princesa que não conseguia dormir por causa de uma ervilha diminuta em seu colchão. De certa forma, ela e Pedro tinham cuidado dos filhos de modo que fossem poupados do menor desconforto. Sua vontade naquele momento era de

espancar a filha, sacudi-la e berrar: "Olha aqui, sua pirralha arrogante e pretensiosa, o que você sabe da vida? O que sabe de mim?".

Mas apenas disse:

— Que eu saiba, nenhum dos dois casos que tive afetou minha atividade materna.

Ana se justificava, pedia desculpas por não ter sido perfeita, ao mesmo tempo em que comparava a infância de Paula com a sua e se perguntava, indignada: "Como ousa? Ela, que teve tudo, pai, mãe, amor, conforto, como ousa reclamar, reprovar, em vez de cair de joelhos e agradecer todo o meu cuidado para que nada toldasse sua vidinha alegre e despreocupada?".

— Não estou julgando você — retrucou Paula. — Mas, se ficou tantos anos casada por nossa causa, fez muito mal.

— Você veio aqui para falar do seu problema, não do meu!

— Se eu soubesse que o meu casamento ia virar essa pasmaceira, não teria me casado! — disse Paula, jogando-se no sofá.

— O casamento não se torna uma pasmaceira por si. Não é uma entidade, é uma instituição, é o casal que faz o casamento; de alguma maneira você deve ter contribuído para que o seu virasse uma pasmaceira.

— O problema é que o Caio não se esforça minimamente para tornar mais interessante a nossa relação. Só fala em gestação e parto. E nos fins de semana ainda tenho de agüentar o papo chato dos colegas dele.

— Casamento é isso, filha — argumentou Ana ao mesmo tempo em que soltava a litania de lugares-comuns sobre crises, fases e a necessidade de tolerância, compaixão e paciência na vida a dois. E finalmente arrematou: — Espero que você reflita antes de tomar qualquer decisão!

— Francamente, esperava que você fosse um pouco mais original.

— Mães não são originais. Você tem três filhos para criar, e neste momento eles são prioridade. Não é um problema moral, é uma contingência biológica, e, com todas as suas críticas sobre a minha vida conjugal, eu não me arrependo de ter criado vocês antes de me separar.

— Você tem idéia da carga de culpa que está jogando em cima da gente, mãe?

— Nada que umas boas sessões de terapia não possam resolver. Seu caso é muito mais fácil que o meu, que nenhum tratamento conseguiu curar. Você não sabe o que é ser abandonada pelo pai, meu bem.

— Meu pai jamais me abandonaria.

— Mas se casaria outra vez e teria filhos com outra mulher, só não teve com essa porque ela já amarrou as trompas. Em outras palavras, você sentiria o abandono de outra maneira — disse Ana, sentando-se ao lado da filha.

Paula virou-lhe o rosto e começou a chorar.

— Não estou dizendo o que você quer ouvir, não é? — Ana perguntou, acariciando o cabelo dela.

Queria que ela deitasse a cabeça em seu colo e ali ficasse até adormecer, como fazia quando era criança. Mas Paula se esquivou da carícia, afastando-se dela.

— Eu não gostaria de ver você quebrando a cara porque a rotina deixou seu casamento desinteressante e você se enrabichou por um cara. Não se joga uma relação como a sua pela janela, você tem três filhos pequenos e no momento não está com a menor serenidade para decidir o que é melhor para você.

— Eu sei o que é melhor pra mim! — Paula gritou, tão segura, tão certa de que os cordéis da vida estavam em suas mãos. E não seria Ana a lhe dizer que afinal não era bem assim. — Eu só quero saber uma coisa: se eu resolver me separar, posso me mudar pra cá com as crianças?

— E por que você vai sair da sua casa e retirar as crianças do conforto?

— Muito obrigada pelo seu apoio, mamãe! — Paula gritou, magoada, caminhando para a porta.

— Fiz apenas uma pergunta, não precisa reagir como se eu estivesse mandando você e seus filhos morarem embaixo da ponte! — argumentou Ana, indo atrás dela.

— Por que você não pode me ajudar no momento em que mais preciso de você? — berrou Paula, entrando no elevador.

"Está surda, desvairada", pensou Ana, fechando a porta. Já passara por isso, sabia o que ela estava sentindo, Paula não estava suportando a fragmentação, a ambigüidade, tinha urgência em definir a situação porque o sentimento de culpa era insuportável. A filha estava repetindo sua história. "E ela tem razão: eu devia ter sido mais acolhedora, devia ter dito sim quando perguntou se poderia se mudar para cá com as crianças."

Mas não era só a precipitação de Paula que havia assustado Ana. A possibilidade de isso acontecer a reduzia inexoravelmente à condição de avó e, nela, o amor e o sexo não cabiam. Diante do problema da filha, Bruno e o bruxo ensombreciam, e seu desejo de viver uma experiência de plenitude se tornava ridículo. Subitamente se dava conta de suas limitações e de sua idade.

— Patética — disse para sua imagem no espelho do *hall*.

Lembrava-se da mãe saindo para os bailes da saudade, os vestidos longos, os decotes exibindo a massa branca dos seios, o perfume adocicado e a esperança semanal de encontrar um marido. No fim da vida dera para freqüentar estações de águas. Hospedava-se em pensões baratas e no fim da tarde desfilava nos hotéis de luxo os modelos confeccionados com as sobras de tecido de suas clientes. Sonhava em encontrar um fazendeiro rico e nenhum se aproximou.

"Patética", pensava Ana toda vez que se lembrava da mãe.

Patético era também seu devaneio confrontado com a realidade, e a realidade naquele momento era o sofrimento da filha às voltas com a primeira crise conjugal. Em conseqüência, Ana se encolhia, assolada por uma culpa atávica: provavelmente era a causa da infelicidade de Paula.

Quando voltou a se olhar no espelho, percebeu que tinha envelhecido dez anos.

Um dia, no curso do romance com o líder operário, Ana acordou para o fato de que era como as personagens de Clarice Lispector sobre as quais discorria tanto em classe. Ela, que se julgava tão incomum, descobriu que afinal era igual às Anas comuns por meio de um fato trivial: a visão de uma janela aberta, a janela de um quarto, onde havia uma manta posta ao sol. E, ao ser tocada pela imagem daquela manta vermelha que contrastava com o armário branco ao fundo, a imagem confortável de um quarto, numa casa de tijolos que era o estereótipo de um lar, ela compreendeu por que tinha se casado com Pedro e também por que tão cedo não se separaria dele.

Ana nunca tivera um lar no sentido que idealizara, um lar com um pai e uma mãe, devotados e protetores, e, desde menina, o sonho mais persistente era o de um lar onde se sentiria protegida, um lar como nos livros, como no cinema, com flores no jardim e árvores no quintal. Como isso lhe fora negado, decidiu que iria construí-lo na idade adulta ao lado de um parceiro responsável e atento.

Quando se casou com Pedro, Ana tinha certeza de que a infância de seus filhos não seria como a dela, marcada pelo abandono, pela vergonha, pelos sobressaltos e pela privação. A finalidade daquela manta na janela tinha sido a de lembrá-la de que sua prioridade principal era um lar, isso devia se sobrepor a tudo, inclusive à sua paixão por Antenor. Portanto, não foi fortuito que ela só tivesse decidido se separar quando seus filhos não precisavam mais de seus cuidados e o lar, na acepção que lhe dera, não era mais necessário.

O que afligia Ana diante da crise conjugal de Paula não era o interesse da filha por outro homem, mas a possibilidade de seus netos viverem uma infância como a sua. Ao comentar com Luz o bate-boca com Paula, ela reforçava à exaustão que os filhos deveriam ser a prioridade principal.

— Eles são a única coisa definitiva que nós temos. Tudo o mais passa.

— Você fala como se estivesse cobrando seu pai.

— Mas é exatamente disso que estou falando, Luz! Da irresponsabilidade!

— Já pensou que Paula pode acabar encontrando outra solução para a vida dela? Sua filha é muito diferente de você.

O telefone tocou; era Paula penitenciando-se pela explosão do dia anterior.

— Ontem eu estava muito nervosa e descarreguei em cima de você! Desculpe, mamãe!

— É natural que você estoure, e mãe, afinal, também é saco de pancadas.

— Estou com vontade de procurar a tia Vívian, o que você acha?

— Acho melhor você procurar um bom psicoterapeuta — respondeu Ana.

— Se ela quiser, posso indicar — disse Luz.

— A Luz está dizendo que pode indicar alguém.

— Você foi contar o meu problema pra Luz? — gritou Paula, indignada. — Você saiu por aí comentando minha vida com as pessoas?

— Luz é sua madrinha, minha amiga mais chegada...

— Eu não comentei com a *minha* amiga mais chegada, mãe! — cortou Paula. — Eu aqui tendo o maior cuidado para...

— E é por isso que você quer consultar a Vívian? — atalhou Ana.

— Vívian? — murmurou Luz, balançando a cabeça. — A Paula está louca?

— Eu não vou me tratar com a Vívian! Só quero que ela faça meu mapa astral!

— Com tantos astrólogos neste país, precisa ser a Vívian, meu bem?

— Então me dá o nome de outra pessoa.

— Conheço um cara muito bom no Rio de Janeiro.

— E você acha que vou me mandar pro Rio pra consultar um astrólogo? — vociferou Paula.

— Você disse que estaria viajando pro Rio a trabalho na semana que vem!

— E você acha que eu posso esperar até a semana que vem, mamãe? — Paula gritou, irada.

— Por favor, fale com ela — pediu Ana, colocando o fone na mão de Luz.

Luz hesitou, Paula ainda gritava, contestando a sugestão de Ana.

— Se meu problema não fosse urgente eu não estaria pedindo socorro a você!

— Paula, sou eu, Luz.

— Ela está totalmente transtornada! — observou Ana.

— Eu sei que ninguém vai obrigar você a fazer o que não quer — disse Luz, muito calma. — Mas por que não procura um bom profissional?

— Não quero fazer psicanálise, não tenho tempo nem dinheiro nem saco!

— Já pensou numa terapia de apoio, uma espécie de pronto-socorro para tratar esse problema específico?

— Você conhece alguém que faça isso?

— Conheço dois profissionais que têm conseguido bons resultados em tratamentos assim. Um homem e uma mulher.

— Então me dá o telefone do homem.

— Amanhã passo um fax pra você com todos os dados. Hoje acho que você devia fazer alguma atividade física bem exaustiva para esfriar a cabeça — aconselhou Luz, desligando.

— Ela concordou em procurar um terapeuta? — perguntou Ana, ansiosa.

— Aparentemente sim.

— Graças a Deus! — exclamou Ana, aliviada.

Se Paula estivesse bem, ela também estaria. A felicidade da filha a liberaria para viver uma vida autônoma, e seus sonhos de mulher de meia-idade não seriam mais patéticos, mas legítimos.

— É uma pena que tenhamos tão pouco tempo para conversar — lamentou o bruxo, colocando o braço no ombro de Ana e encaminhando-se para o restaurante. — Um político importante exigiu que o atendesse na hora do almoço.

— Por que não me ligou? A gente poderia ter desmarcado — retrucou Ana, desapontada.

— Sentiria muito cancelar este encontro — disse o bruxo, recuando gentilmente a cadeira para ela se sentar.

Era a primeira vez que se encontravam fora do consultório. Ana sempre o associara a um ambiente precariamente iluminado, de onde ele entrava e saía sem rumor, ela só se apercebia da presença do bruxo no final da energização: erguia os olhos e ele estava ao seu lado, imenso, investido de poder e mistério. Porém, naquele cenário profano, parecia um homem comum.

— Você é muito forte — declarou ele. — Muito forte para a vida, muito forte para o trabalho, mas muito frágil para o amor. Você não está preparada para viver uma relação problemática — acrescentou.

"É isso que você tem a me oferecer?", Ana teve vontade de perguntar, mas disse apenas:

— Desde criança sofro por causa do amor.

Escrevia cartas a um colieguinha de classe que as fez circular entre risos na hora do recreio. Ana sofreu atrozmente com a inconfidência e o ridículo, e não se perdoou por amar um garoto que ria dela.

— Eu sempre vivi muito mal as relações que envolvem paixão.

— Eu sei que você nunca esteve preparada para viver uma relação em que estivesse apaixonada.

— Por isso as vivi dolorosamente. Mais pelo que ocultava do que pelo que sentia.

— Sofreria menos se tivesse se exposto?

— Não teria sofrido o ridículo.

— E por causa dos outros preferiu se acovardar.

— Não se tratou de covardia ou de coragem, mas de reflexo condicionado. Defendi-me dos homens que amei, fazendo-os acreditar que não podiam me infligir nenhum tipo de dor. Defendi-me tanto que cheguei a acreditar que não doía.

Ana olhou para o bruxo e se arrependeu imediatamente da sua confissão. Acabara de dizer o que jamais dissera a ninguém, acreditando que ele fosse diferente dos demais. Mas por que o seria? Seus objetivos não eram claros e suas atitudes eram desconcertantes, como o convite absurdo para integrar a comitiva que iria a Florianópolis. E o que significava a frase bombástica "Você não está preparada para viver uma relação problemática"? Afinal, era só isso que tinha a oferecer — uma relação problemática? E se fosse, o que o diferenciaria dos outros?

— Continue — disse o bruxo.

— Não quero olhar para trás — respondeu Ana.

Além disso, continuava com a sensação de ter falado demasiado. Não iria lhe dizer que o orgulho a impedia de expor sua alma à visitação pública. Bruno só se dera conta da extensão da ferida que provocara ao ler os poemas de Ana sobre o fim da relação deles, mas o estrago real tinha sido muito maior que o da poesia, porque a um poema ela podia conferir sentido trágico, editar, embelezar, dignificar. À realidade não.

— Por que você não me contou? — perguntaria Bruno anos depois.

— Por que você não percebeu?

— E por que você se escondeu?

Ana escondia suas chagas, mas sua pele se irritava e exsudava — era o sinal exterior de sua turbulência interna. Durante a leitura de *As leis,* ela descobriu que a escritora holandesa sofria do mesmo mal e denunciava: a causa não é a pele sensível, mas a casca grossa; as doenças de pele são típicas das pessoas que se armam contra o mundo. Desde a infância, desenvolvera uma carapaça espessa, irrespirável, sufocante, que impedia o ar de penetrar em seu interior. As irritações vinham à luz. Os pruridos também. "Mais óbvio impossível", dizia Luz. Ela escondia seus problemas, mas eles se manifestavam à flor da pele.

— Posso servi-la de chá? — perguntou o bruxo.

— Claro. Afinal, é a razão deste encontro — disse Ana.

Era quase meio-dia. Uma turma de garçons retirava o bufê do café-da-manhã, enquanto outra preparava as mesas para o almoço. Ana se recriminava não ter exigido que o encontro fosse à noite, e agora deplorava sua ansiedade e sua precipitação ao aceitar o convite do professor.

— Que tal nos encontrarmos por volta das onze, antes de eu ir para o consultório? — propusera o bruxo.

— Para mim está bem — respondera, afoita, sem pensar que a entrevista seria curta e, pela hora e local, provavelmente conturbada. E o chá, afinal, não era exatamente o que ela imaginara, num salão de damasco vermelho, com um trio de cordas tocando temas húngaros, mas num restaurante impessoal e asséptico. Os garçons falavam alto, ostensivamente olhavam o relógio, e sua contrariedade era evidente desde que haviam entrado ali.

— O de sempre, professor? — quis saber o *maître*.

E o chá tão aguardado era simplesmente o que o bruxo tomava na primeira refeição da manhã, acompanhado de uma torrada e uma prosaica fatia de queijo fresco. Ana estava incomodada com a agitação à sua volta, desapontada com o cenário e arrependida daquele encontro.

— Algum problema? — quis saber o bruxo.

— Imaginava uma coisa totalmente diferente. Mas eu tenho muita imaginação.

— Quer subir ao meu quarto para conversar com mais calma?

— Não — respondeu Ana, com uma firmeza que a surpreendeu.

— Vamos fazer de conta que este encontro tumultuado foi o prólogo de um encontro mais tranqüilo. Você gostaria de jantar em minha casa amanhã? — perguntou de supetão.

— Amanhã vou sair muito tarde do consultório.

— Não faz mal, eu espero você — disse Ana.

Estava tomada por uma ousadia rara. Assumia a iniciativa de convidá-lo e o risco de ouvir um não. Isso era tão inédito que a assustava.

— Isso que está acontecendo... eu marcar um encontro: é extraordinário — confidenciou ao bruxo.

— Muitas coisas extraordinárias ainda estão para acontecer — disse ele, beijando sua mão.

Luz estava atônita.

— Você convidou esse homem para ir a sua casa?

— O que você acha que vai acontecer? Ele é muito velho para me estuprar.

Ana não esperara chegar em casa para telefonar para Luz. Ligara do carro, convidando a amiga para almoçar.

— Não posso. Tenho um paciente à uma. Por que você não vem para cá?

E Ana foi correndo lhe contar o encontro frustrado com o bruxo e a atitude inédita de convidá-lo para jantar.

— Por que está tão orgulhosa do seu feito, Ana?

— Você sabe que nunca tomei a iniciativa de procurar um homem por medo de ouvir um não. E convidei o bruxo para jantar na minha casa, sem me importar com uma eventual rejeição.

— Você acha corajoso convidar um homem que você não conhece para ir a sua casa? Eu acho desvario.

— O que você imagina que vai acontecer entre nós dois?

— Eu é que pergunto: o que *você* imagina que vai acontecer?

— Vou lhe perguntar se ele é aquele que já conheço e não consigo enxergar porque estou cega.

— E se ele responder que sim?

— Vou ficar muito assustada. Mas, afinal, não é isso que quero? — indagou Ana.

— Faça essa pergunta a você, não a mim.

— Não preciso ter todas as respostas agora, preciso?

— Desculpe se estou jogando um balde de água fria no seu entusiasmo.

— Luz, você acredita mesmo que ele vai dizer que é o homem da minha vida? — Ana perguntou, alarmada.

— Você tem seis anos de idade emocional.

— Quatro — respondeu Ana.

— O que estou querendo dizer é que não existe isso de homem da nossa vida. Existem homens que são importantes em determinados momentos da nossa vida. Bruno foi o homem da sua vida anos atrás. E agora o que é, Ana?

— O Bruno está na Europa com a mulher — disse Ana, agastada.

— Amanhã, quando o bruxo chegar a sua casa, lembre-se da síndrome de Cortês.

— Eu não sei o que vai acontecer, Luz. Pela primeira vez não estou no comando da situação.

— Nunca esteve, Ana.

— Mas tinha a ilusão de estar.

Com Antenor, principiara como uma brincadeira, um chope depois da aula e ela sendo movida pelo que denominava "uma curiosidade antropológica". Queria saber quem era aquele homem de origem camponesa, que aprendera a ler aos dezesseis anos e citava Gramsci e Lukács com muita pertinência em classe. Quando timidamente ele começou a cortejá-la, Ana encarou como uma travessura que podia interromper a qualquer momento. Porém, quando se deu conta, estava acorrentada.

O início com Bruno não tinha sido diferente. Era apenas um "namorico", confidenciara a Luz.

— Você fala como se estivesse assistindo a um filme e pudesse sair do cinema no ponto em que desejasse — respondera Luz na época.

— É mais ou menos assim.

— Mas tem uma hora em que as portas se fecham e só abrem quando termina a sessão. Lembra-se de como foi com Antenor?

— Mas eu não estou tão envolvida com Bruno quanto estive com...

— Está, sim — cortara Luz.

— Ele é casado, eu sou casada, é apenas uma aventura inconseqüente — argumentara Ana.

Um ano e meio depois, quando a aventura inconseqüente chegou ao fim, Ana estava devastada.

— Eu só queria que você soubesse que o bruxo está me ensinando alguma coisa.

Luz balançou a cabeça, incrédula.

— Eu teria uma porção de coisas pra dizer, Ana. Mas você está impermeável. Tão impermeável quanto sua filha.

— Por favor, é totalmente diferente! — protestou Ana.
— É igual. Você não me escuta! Está obcecada pela idéia de que esse bruxo é o homem da sua vida e nem ao menos tem vontade de ir pra cama com ele!
— Por que você está sempre me desanimando?
— Você veio aqui pra isso, Ana. É por isso que você se abre comigo, para ouvir a versão realista dos fatos.

E era verdade. Ana inventava, fantasiava, escamoteava, contava histórias para si mesma a fim de se iludir e se entreter, e Luz punha a nu sua imaturidade afetiva, a ficção e as falhas. Ana não dava um passo importante antes de escutá-la, embora na maior parte das vezes acabasse obedecendo aos próprios impulsos e quebrando a cara. Mas, ao final de cada tropeço, Luz a acolhia e a ajudava a se recompor e, ao contrário de Vívian, jamais dizia "eu avisei". Ana se espelhava no modelo de Luz, imitava suas virtudes, invejava a amiga, principalmente sua família, a primeira família feliz que conheceu. Em sua casa respirava-se tolerância e bonomia, a hora das refeições era animada, com todos os visitantes sendo convidados para se sentar à mesa, fossem quantos fossem, os amigos dos irmãos e das irmãs, o pai na cabeceira, a mãe na outra extremidade insistindo para Ana comer mais, "você está muito magrinha, minha filha", e ela era grata pela atenção e pelo tom maternal. Gostaria tanto de ter uma mãe assim, uma família assim, uma vida assim alegre e sem sobressaltos. Na casa de sua avó, as refeições eram eivadas de queixas, recriminações e azedume. A mãe comendo com um cigarro entre os dedos, o olhar sem rumo, e sempre a falta de dinheiro como pano de fundo.

— Você sabe se a Paula procurou seu colega? — perguntou a Luz na saída.
— Teve ontem a primeira sessão.

— Esse cara é bom mesmo?
— Excelente. Quer marcar uma consulta? — disse Luz num tom provocador.
— Não preciso. Eu tenho você.
— Por que eu tenho de ser a última pessoa a saber, hein? — interpelou Vívian, magoada.
Ana não sabia a que ela se referia e sondou:
— A saber o quê, Vi?
— Da crise conjugal da sua filha. Ela me pediu uma progressão hoje de manhã. Disse que era urgente, que está sofrendo muito e precisa tomar uma decisão.
— Que decisão? — perguntou Ana em pânico.
— A Paula está querendo se separar do Caio!
— Ela disse isso com todas as letras ou a conclusão é sua? — indagou Ana, irritada com a precipitação da filha. Paula devia estar muito desorientada para consultar um terapeuta num dia e no outro buscar uma resposta astrológica com Vívian.
— Mesmo que Paula não me tivesse dito eu teria descoberto ao ver o mapa dela.
— E o que você aconselhou?
— Não dou conselhos, eu faço diagnósticos, e o momento não é para decisões. Com um mau aspecto de Netuno, ninguém consegue enxergar claramente.
— Você disse isso pra minha filha?
— Disse também que o caso dela é fogo de palha. Isso, é claro, foi a parte de que ela menos gostou.
Ana estava perplexa. Paula não era exatamente uma pessoa reservada, mas costumava ser discreta sobre seus assuntos íntimos.

— A Paula disse que tem um caso?
— Ela está com uma conjunção de Vênus e Plutão na casa Cinco, Ana! Não precisava me dizer nada!
— Vi, por favor, não comente com ninguém, nem com o Pedro, está bem?
— Ela já andou conversando com o pai.
Ana se sentiu duplamente atraiçoada. Já era bastante indigesto aceitar que a filha tivesse procurado Vívian, mas de certa forma a confidência era compreensível porque ela esperava receber em troca uma resposta sobrenatural. Mas Paula ter procurado o pai não fazia sentido. O que se poderia esperar de Pedro senão a identificação dele com o genro, a censura e a inevitável comparação de Paula com a mãe? "Como ela pôde ter sido tão ingênua?", perguntava-se Ana.
— Ela vai se separar do Caio?
— Sou astróloga, Ana. Não sou bruxa. E, aliás, dei para ela o telefone do professor.
Ana sentiu-se desfalecer.
— Você o quê???
— Acredito que o bruxo é a pessoa certa para ajudá-la. Aliás, não entendo por que você ainda não a encaminhou pra ele.
— Você não devia ter feito isso — disse Ana desligando o telefone. Estava furiosa com Vívian, irritada com a filha, sentia-se impotente, traída, ameaçada.
Nervosa, ligou para o escritório de Paula, mas, ao primeiro toque, ouviu a secretária eletrônica: "No momento não estou. Ao sinal deixe recado ou tente mais tarde". A mensagem era seca, curta e direta, como Paula. "Como é que uma pessoa tão objetiva pode se perder dessa maneira?", perguntava-se Ana.

Então lhe ocorreu que naquele momento talvez Paula estivesse consultando o bruxo e ele a estivesse seduzindo como fizera com ela. Na cena seguinte, via o bruxo abraçando sua filha e ela arrebatada correspondendo a esse abraço. Era desconfortável ter ciúme de Paula, mais desconfortável ainda constatar que na sua fantasia ela não era mais sua filha, mas uma jovem rival. Esse pensamento era tão terrível que soava como profanação. "Estou louca", disse Ana para si mesma. "Estou delirando. Mas por que *esse* delírio?", perguntava-se, inquieta. Na verdade, essa era a idéia que fazia do bruxo: um sedutor.

Ana ligou para o celular de Paula e se tranqüilizou ao ouvir sua voz.

— Onde você está? — sondou.

— Num restaurante, terminando de almoçar.

— Preciso falar com você. Pessoalmente. Hoje, Paula.

— Aconteceu alguma coisa?

— A Vívian acabou de me ligar.

— Eu passo aí no fim da tarde, está bem?

Ana desligou, aliviada. Paula almoçando num restaurante absolvia a filha e o bruxo, suas fantasias eram tolas, mas davam bem a medida do seu desequilíbrio e vulnerabilidade.

— Ele jamais seduziria Paula — tranqüilizou-se.

O comportamento do professor era altamente ético e profissional, garantira Vívian. De qualquer modo, a idéia de partilhar o mesmo bruxo com a filha soava promíscua.

6

— POR QUE FOI PROCURAR A VÍVIAN E SEU PAI? Por que saiu por aí contando seu problema pra todo mundo? — interpelou Ana quando Paula entrou.
— Não vai me perguntar de onde venho?
— Já sei de onde você vem — respondeu Ana.
— Por que você não me falou do professor?
— Não achei que fosse o caso.
— Esse cara é muito bom.
— Você disse que era minha filha? — Ana perguntou casualmente.
— Teria feito alguma diferença?
— Não sei. Como foi? O que ele falou?
— Que não vou me separar. Não agora — completou.
— E o terapeuta que a Luz recomendou?
— Disse que não estou em condições de decidir minha vida neste momento. E sugeriu uma terapia de família. Agora só falta consultar o astrólogo no Rio de Janeiro.

— Você acha que esse homem vai dizer alguma coisa diferente do que o bruxo e a Vívian disseram? Ele pode usar métodos e palavras diferentes, mas a conclusão será a mesma. Você não está vendo com clareza, não é hora, portanto, de tomar decisões.

— Será, mamãe?

— Se você precisa encontrar tantas respostas fora de você, é porque ainda não tem certeza do que quer!

Paula deu de ombros e se jogou no sofá.

— Eu estou confusa! Dá licença de estar confusa? — gritou Paula.

— Você não acabou de dizer que o professor era bom?

— É ótimo. Foi uma experiência impressionante.

Ana gelou.

— Como assim? — perguntou com um fio de voz.

— As coisas que ele falou da minha vida, da nossa família.

— Por exemplo?

— Não sabe por que o casamento de vocês durou tanto tempo.

— E que mais?

— Disse que papai vai casar de novo.

— Já casou.

— Papai saiu da casa da Beth e está morando num *flat*, você não sabia?

— Seu pai não vai ficar muito tempo sozinho.

— Ele também falou do meu trabalho, das crianças, do Caio. Descreveu todos eles na perfeição. O Pedro Paulo, o André e a Laura. Realmente inacreditável.

— Ele foi gentil?

— Como assim, gentil?

— Como ele se comportou com você? — sondou Ana.

A informação que desejava não era fácil de obter, a menos que formulasse claramente a pergunta que levaria Paula a responder se o bruxo tinha sido profissional ou se a sedução era um cacoete usado indiscriminadamente com todas as consulentes, sobretudo as bonitas e jovens como ela.

— Nem sempre o professor é simpático com as pessoas.
— Não fui lá buscando simpatia, mas competência.
— Você vai voltar para a energização? — indagou Ana.
— Não tenho tempo pra isso, mamãe.

Ana respirou aliviada. Não gostaria que Paula se tornasse assídua, temia que, se isso acontecesse, o professor a cortejasse, e não queria se decepcionar. Mais importante do que ele ser o homem de sua vida era a possibilidade, a ilusão suspensa, o encantamento. Desde que o bruxo entrara na sua vida, tinha voltado a escrever e escrevia todos os dias como se estivesse sob o efeito de um sortilégio que a qualquer momento poderia se dissipar. Ana pressentia que o envolvimento com o bruxo era tênue e efêmero, receava acordar no dia seguinte e não sentir mais nada, receava sobretudo perder o contato com o substrato mais profundo que a provia de inspiração.

— Quanto tempo você vai ficar no Rio?
— Minha reunião é na segunda-feira, mas vou amanhã para aproveitar o fim de semana.
— Tome cuidado para não magoar seu marido — disse Ana, intuindo que a filha não iria sozinha.
— Isso que estou sentindo não tem nada a ver com o meu marido; tem a ver comigo, não com ele!
— Neste momento você acha que tem todos os direitos porque a paixão é despótica e tem uma moral peculiar. Ela só exige que você a viva, doa a quem doer. Mas daqui a uns tempos você

sentirá remorsos, e, se tiver magoado seu marido, a culpa será insuportável.

"Então têm início as concessões", pensou Ana, lembrando-se da sua docilidade depois do rompimento com Bruno. Era a vez de Pedro, seus desejos atendidos, na cama e fora dela. Faziam amor quase todos os dias, bastava ele estender o braço e ela estava pronta, os olhos no teto, o pensamento no homem que tinha ido embora, na paixão que tinha ido embora, no desejo que tinha ido embora. Mesmo quando Pedro lhe perguntava o que ela gostaria de fazer, estava claro que a última palavra seria a dele, o restaurante, a escolha dos amigos que iriam encontrar, o filme, a peça, o concerto, a viagem. Ana concedia e se punia nas menores coisas, abrindo mão dos pequenos prazeres, como, por exemplo, jantar com Ivan, que Pedro detestava. Era a vez do sorriso forçado, do protesto sufocado, da fase obediente e resignada. Até que um dia Ana acordava para o fato de que estava sendo constrangida e usurpada e, num rompante de cólera, decidia revogar todas as concessões. Porém, após a explosão, Luz ainda detectava atitudes em Ana que traíam sua necessidade de expiação, como, diante de dois caminhos, optar pelo mais penoso, e nisso estava incluído o seu próprio casamento.

— Quer alguma coisa do Rio? — disse Paula levantando-se.

— Pergunte ao astrólogo se tem alguma novidade na minha progressão.

— Só isso?

— Só — respondeu Ana, tentada a lhe dizer que nem sempre a culpa se manifesta de modo perceptível, que no seu caso era sutil e insidiosa e podia ser tão tirana quanto a paixão. Mas Paula não iria compreender e provavelmente diria: "Isso não vai acontecer comigo", como tantas vezes ela mesma dissera quando Luz a advertia sobre os riscos de seus envolvimentos extraconjugais.

— É difícil abrir mão daquilo que a gente quer — disse Paula.

— Nem sempre o que a gente quer é o melhor para nós.

Gostaria de dizer à filha que, às vezes, olhando para trás, sentia que a função dos rompimentos dolorosos havia sido a de defendê-la de equívocos e infortúnios maiores. E, apesar da culpa, das concessões e do ressentimento, nenhum homem que ela conhecera teria sido um parceiro melhor que seu marido. Afinal, a cada crise superada a vida retomava seu curso e era possível garimpar no cotidiano pequenas alegrias e satisfações: as festas, a fecunda convivência com os amigos, a música, os livros, as viagens, as flores, as velas acesas, os rituais de aconchego, a harmonia preenchendo lacunas. Era como se a vida fosse cheia de buracos e cada uma dessas compensações remendasse, remediasse, aquecesse.

— Seu casamento é muito bom, Paula. Pode estar atravessando um momento difícil... — começou Ana.

— É a sua vida que você quer para mim? — interrompeu a filha.

— Não — respondeu Ana. — Mas, apesar de tudo, eu e seu pai nos divertimos. Inclusive nas fases mais críticas.

— Como é possível?

— Você não sabe o que um casamento é capaz de comportar. Principalmente quando o que está em risco é a sua sobrevivência.

— Vocês nunca me enganaram.

— Enganamos, sim. Enganamos muita gente, até a nós mesmos.

— Eu vi muitas vezes você sair muito mal-humorada para as festas com papai.

— Mas quase sempre me alegrava quando chegava lá.

— Falsa alegria, mamãe.

— Enquanto durava era verdadeira.

Paula sacudiu a cabeça, reprovadora.

— Por isso saíamos quase todas as noites. Para nos aturdir.

Nos últimos anos de seu casamento havia um compromisso para cada dia, a agenda sempre lotada, a vida para fora e para os de fora, a maior parte dos quais imaginava que estava tudo bem. Os mais íntimos, porém, sabiam que não. Luz, que deplorava a superficialidade, dizia que eles se comportavam como se estivessem num palco: *décor*, figurinos e elenco de apoio integravam-se de modo a produzir a comédia ligeira que encobria o drama principal.

— Como é que você agüenta? — Luz perguntava.

— Não é tão trágico como você imagina. É claro que se eu fosse alcoólatra agüentaria melhor — dizia ela num tom despreocupado. Porque a contrapartida de sua amargura era a ironia, que, adequadamente colocada, assumia os contornos de um alegre cinismo. — Afinal, não é assim que vivem a aristocracia, os políticos e o corpo diplomático?

— Você está pagando um preço. Ou imagina que não está? É só olhar para suas mãos, Ana. Você está com dermatite de contato. Der-ma-ti-te de con-ta-to — Luz repetira, escandindo todas as sílabas. — Isso não sugere nada a você?

— Ainda não é hora, não estou preparada.

Ana só se separou depois da festa de suas bodas de prata, o que levou muita gente a considerar de péssimo gosto o casal dar uma festa sabendo de antemão que ia se separar. Para ambos, porém, havia razões para comemorar: por vinte e cinco anos haviam estado juntos, na saúde e na doença, na alegria e na dor, os filhos estavam criados e havia muito pouco a lamentar.

— Vinte e cinco anos, mamãe! Você acha que vou esperar ficar velha para tomar uma decisão? — perguntou Paula, irada.

— Eu não me sinto velha — protestou Ana.
— Ora, mamãe, faça-me o favor! — disse Paula, batendo a porta.

— Isso que a Paula falou não foi de coração! A senhora está ótima! — disse a empregada para consolá-la.
— Talvez minha filha tenha razão e eu seja mais uma dessas mulheres ridículas que se recusam a admitir que estão envelhecendo.
— Mãe é sempre velha para a filha, dona Ana. E a Paula só está desse jeito porque se enrabichou por alguém.
— Você também percebia quando eu me enrabichava, Iraci?
— Só cego não percebia, dona Ana.
— Você foi muito discreta.
— Eu tinha de distrair as crianças. Principalmente o Leo, dona Ana.

Ana pensou na sua longa relação com essa mulher que tinha criado seus filhos e tivera acesso à sua mais secreta intimidade, aquela que abria a cama e sabia de sua freqüência sexual, a que recolhia sua *lingerie* e percebia pela forma e pela novidade quando Ana tinha um amante. Iraci conhecia mais sua privacidade do que a própria Luz. E Ana, o que sabia da vida de sua empregada a não ser os problemas que interferiam diretamente no trabalho dela? Como, por exemplo, quando o marido a abandonou, a filha adolescente engravidou e o filho caçula foi preso pela primeira vez. Ana ajudara-a a comprar o terreno e depois a construir a casa, providenciara uma maternidade para a menina e uma clínica de recuperação de drogados para o garoto, mas nunca lhe perguntara se era feliz, se tinha outras inquietações além dos filhos e dos problemas de sobrevivência. E, como se quisesse compensá-la de todas as suas omissões, perguntou, culpada:

— Você é feliz?

— E pobre lá tem tempo de pensar nessas coisas, dona Ana? — respondeu Iraci com uma gargalhada.

Quando a empregada saiu, Ana encheu um copo de vinho e foi para a cozinha preparar o jantar. O bruxo era absolutamente vegetariano, tinha informado a secretária, o que significava que também não comia peixe.

— E massas?
— Só as de molho simples.
— *Pesto?*
— Gosta muito.

O cheiro de manjericão enchia a cozinha quando o telefone tocou. Ana pensou imediatamente que era o professor cancelando o jantar. Para sua surpresa, era Bruno, ligando de Paris.

— Hoje fui ao Père Lachaise visitar o túmulo de Proust. E estive numa porção de lugares a que gostaria de ir com você.

— Isso é uma declaração de amor? — perguntou Ana, divertida.

— Você não precisa de uma declaração. Você sabe o que sinto por você.

— As mulheres precisam de palavras, Bruno.
— Estou com saudade.
— Eu também — disse Ana. Estava sendo absolutamente verdadeira.
— Depois de amanhã estou aí.

— Que bom — respondeu Ana.

Desligou o telefone com a sensação de que tinha valido a pena se apaixonar por aquele homem, ter soçobrado por sua causa e muitos anos depois ter retomado o caso mansamente. Luz tinha razão: Bruno era o entendimento, a ternura, o sexo e, talvez, a melhor parte da história sentimental de sua vida. E, à medida que Ana se dava conta da importância de Bruno, uma sombra caía sobre o jantar. Cada ingrediente denunciava sua imprudência e tolice, ela estava preterindo Bruno, desperdiçando tempo e afeto com um homem que não conhecia. "Lembre-se da síndrome de Cortês!", dissera Luz, e ela quase sempre tinha razão. Aquele jantar havia sido pensado nos mínimos detalhes para agradar ao bruxo — cardápio, cor da toalha, os talheres e os cristais. Era uma insensatez e, como dizia a amiga, não tinha a menor inserção no real.

Porém imediatamente reconsiderou.

— Isso é paranóia! Eu estou com remorsos por causa do Bruno?! É um absurdo!

Ana não queria que nada toldasse o jantar, não queria se sentir arrependida, não queria sobretudo que, a poucas horas de seu encontro, o bruxo se reduzisse à sua expressão real, senão todo o seu esforço para produzir aquele encontro soaria ridículo.

— Não tem o menor sentido me sentir culpada por causa de um homem que provavelmente está jantando no La Coupole com sua legítima esposa — resmungou no chuveiro. Bruno lamentava não poder partilhar Proust e o Père Lachaise com ela, mas nunca a convidara para ir a Paris. Ana não iria admitir que ele se interpusesse em seu tão aguardado encontro com o professor.

Quando o bruxo chegou, desculpando-se porque passava das dez, Ana teve vontade de lhe perguntar de chofre: "Você é o homem com quem vou viver uma experiência de plenitude?".

Mas obrigou-se a cumprir o cerimonial da anfitriã, começando por lhe servir vinho tinto, a única bebida alcoólica que ele tomava, e deixando-o à vontade para examinar os livros e fotos da sua estante, enquanto dava os últimos retoques no jantar. Imediatamente o bruxo reconheceu Paula, que estivera em seu consultório naquela tarde.

— Eu conheço esta moça. Quem é?
— Minha filha.
— Por que ela não disse que era sua filha?
— Achou que não era importante.
— Tudo o que está relacionado a você é importante — respondeu o bruxo.
— Diga-me: ela vai superar essa crise?
— Eu já disse o que tinha a dizer para você e para ela, Ana.
— É inevitável que...
— Sua casa é muito parecida com você — disse o bruxo, gentil, mas evidentemente querendo mudar de assunto. O segundo movimento do *Concerto n.º 3* de Rachmaninoff tomou conta da sala e ele cerrou os olhos, deleitado. — Quem é o pianista? — perguntou.
— Evgeny Kissin.
— É muito bom — disse o bruxo, impressionado.

À mesa falaram sobre música e intérpretes e ele elogiou o talento culinário de Ana.

— Minha mãe era de Gênova — acrescentou.
— Então sua mãe devia fazer este molho muito bem.
— Quase tão bem quanto você — ele disse, amável.

Ao lhe servir o chá, no fim do jantar, Ana sentiu que era chegado o momento.

— Você sabe por que o chamei aqui, não sabe, professor?

O bruxo arqueou as sobrancelhas e fitou Ana significativamente.

— Você sabe a resposta — ele respondeu.

— Não, não sei.

— Você deveria escutar-se melhor. Se fizesse isso, não precisaria recorrer a bruxos.

— É você o homem por quem estou esperando, professor?

— Você tem a resposta, todas as respostas, para essa e outras questões de sua vida.

— Mas sou cega e surda, professor. E insisto na pergunta: é você?

— Gostaria de ser, mas não sou. Ele está a seu lado, faz parte do seu mundo. Eu não faço parte do seu mundo. Sou um ermitão, vivo para o meu trabalho e a minha mística.

— Que pena — disse Ana, desolada.

— Todos os dias eu também digo a mim mesmo "que pena". Sou casado e vivia muito bem com a minha mulher até que você apareceu. Eu não estou bem, meu casamento não está bem, você vai sair da minha vida e tenho de me defrontar com o fato de que a quero. Desde a primeira vez em que a vi, a quis para mim. Sonho com você, sinto saudade, ciúme, insegurança, inquietação, me torturo por sua causa.

A informação de que o bruxo tinha uma mulher surpreendeu-a menos que seu discurso caudaloso e melodramático.

— Conhece *Non puedo ser feliz*, professor? — perguntou Ana, fazendo-o ouvir Bola de Nieve. — *"He renunciado a ti ardiente de pasián, no se puede tener consciencia y corazón..."* — cantarolou.

— Por que não me crê?
— Por que me fez acreditar que era você aquele homem com quem eu viveria uma experiência de plenitude?
— Eu fiz isso?
— Se não fez, foi muito ambíguo.
— A vontade de ver você sempre foi mais forte que a minha obrigação de renunciar — revelou o bruxo, pousando a xícara na mesa.
— O que sinto por você não é físico, professor.
— Eu sei. Eu sou um velho.
— Você é um grande sedutor — disse Ana, indulgente.
— Não era essa a minha intenção.
— Era, sim — retrucou ela. — Não se desculpe. Apesar de tudo, você me fez um bem imenso — acrescentou com uma ponta de ironia.
— Um mal imenso também — disse ele, beijando a mão de Ana.

Subitamente o enlevo se esfumara e Ana começava a levantar hipóteses implacáveis, que reduziam cruelmente o romance e a doçura do texto. "Ele brincou e agora está querendo se livrar elegantemente de você, sua idiota." Como se o bruxo tivesse captado o que ela estava pensando, porque de algum modo o sorriso irônico denunciara a dúvida, ele disse:

— Você não acredita em mim?
— Não — respondeu Ana.
— Eu queria ser o homem de sua vida, mas não sou. Eu a quero, mas não posso transgredir, me apropriar de uma mulher que não é minha. E que, na verdade, não me quer — acrescentou, emocionado.

"Se estiver representando, é um grande ator, se não estiver, minha reação é muito canalha", Ana pensou enquanto ele a abraçava. Ao beijá-la na face, ela sentiu seu rosto molhado: o bruxo estava chorando.

— Desculpe — disse Ana, confusa. Não sabia se era tudo uma grande encenação ou um ato de pungente sinceridade.

Então o bruxo a abraçou mais uma vez e se foi. Ana estava perplexa.

— Eu a quero, mas não posso transgredir, me apropriar de uma mulher que não é minha! — repetiu, pasmada.

— Parecia letra de bolero — contou a Luz no dia seguinte.

— Mas não é desse tipo de coisa que você gosta?

— Mesmo que tenha sido teatro, devo lhe ser grata pelo texto e pela atuação. Aproveitar o melhor de todas as experiências, como Vívian costuma dizer.

— E se for verdade o que ele falou? — perguntou Luz, considerando seriamente essa possibilidade.

— Não é verdade. Que cilada! Como é que uma mulher da minha idade cai nessa esparrela? Era um desfecho tão previsível, não era, Luz? — disse Ana sacudindo a cabeça, inconformada.

O mais difícil não era admitir que se enganara, mas aceitar que sentiria saudade do olhar intenso do bruxo, de seu abraço e de sua voz rouca; e que, apesar de tudo, essa experiência não lhe serviria de lição. Certamente em poucas semanas a mulherzinha sentimental voltaria à carga e partiria à caça de um novo bruxo.

— Enquanto eu estava fora você não sentiu vontade de ir pra cama com outro homem? — perguntou Bruno.

— Claro que sim — disse Ana. — Mas me faltou ousadia.

Estavam na cama, de pernas entrelaçadas. Ana examinava os livros que Bruno lhe trouxera da Europa; ele sempre lhe dava livros, eram parte de seu trabalho e de sua bagagem e não levantariam suspeitas em Maria Eugênia.

— Não gostou?

— Gostei — respondeu Ana. — Mas será que você nunca vai correr nenhum risco por minha causa?

— É uma cobrança?

— É uma constatação.

— Você está diferente. O que você tem, Ana?

— Eu gosto de livros, mas um dia gostaria de ser surpreendida.

— Não te surpreendo mais?

— Não. É tudo previsível, até as coisas que você me dá.

— Pensei que você gostasse.

— Gosto, mas há dias em que quereria mais.

— Lembre-se de que temos um trato. Se aparecer alguém, você vai me dizer, está bem?

— Alguém como? Há muitas maneiras de uma pessoa se interessar por outra.

— Se você resolver ir pra cama com alguém, quero saber.

— Ainda não sinto vontade de transar com ninguém além de você — disse Ana, pensando no sonho que tivera com o bruxo naquela noite. Ele era o tronco de uma árvore, literalmente um homem-tronco. O bruxo não tinha sexo, entretanto fora o último homem por quem seu coração batera.

— Queria muito que você tivesse ido comigo pra Europa.

— Você sempre diz isso e sempre vai com a sua mulher.

— Então é esse o problema?

— Eu estou às voltas com muitos problemas, Bruno.

— É claro que a companhia da minha mulher é um terror, mas o que eu posso fazer se ela insiste em viajar comigo?

— Eu me pergunto como você consegue se suportar repetindo a mesma ladainha de reclamações entra ano, sai ano.
— Porque tenho medo. Acho que nunca vou ter coragem para me separar.

Ana pensou em lhe dizer: "Você tem idéia do que está fazendo com você? Tem? Você está morrendo, você e sua mulher estão em estado de putrefação", mas desistiu. Pegou um dos livros que Bruno lhe trouxera e fingiu ler a contracapa com interesse.

— Como você conseguiu se separar? — perguntou Bruno. — Como teve coragem?

Ana olhou para ele e lembrou-se de que alguns de seus amigos, os amigos do casal, jamais aludiram à sua "coragem", mas à "porra-louquice", para eles era um absurdo ela se separar depois de tantos anos. "Mas por quê?", interpelavam. E, mesmo que a loucura senil não fosse claramente referida, estavam implícitas a censura, a estranheza, a suspeita.

— Ela viajou comigo, mas eu não transei com ela. Faz mais de um ano que não transo com a minha mulher.

Ana aquiesceu, fatigada, sem vontade de contra-argumentar. Ela sempre fazia o mesmo discurso e ouvia as mesmas explicações; as exaustivas repetições faziam parte da patologia de sua relação.

— É incrível como o casamento pode prescindir da satisfação recíproca dos protagonistas — continuou Bruno. — O que só vem comprovar que o casamento é um pacto mais ou menos sinistro e sua sobrevivência independe da vontade dos interessados. Resiste a despeito das crises, da insatisfação, do ressentimento, da infelicidade.

— Talvez o seu resista exatamente por isso.

— E o seu? Resistiu tanto tempo por quê?
— Pelas dificuldades, pelas limitações, pelas impossibilidades, pelos aspectos mais sombrios e deletérios da minha relação com Pedro.
— Os melhores momentos do meu casamento eram quando me apaixonava por alguém — disse Bruno.
— Hum-hum — murmurou Ana sem interesse.
— No início, antes de a paixão ficar exigente. Nunca trepei tanto com a minha mulher como no tempo em que estava apaixonado por você.
— Ou por qualquer outra, porque não fui a primeira nem a única.
— Ninguém foi mais importante que você — disse Bruno, acariciando o ventre de Ana.
— Mesmo que não seja verdade, eu agradeço.
— Você sabe que é verdade.
— Segundo Vívian, você tem o Sol no meio do céu junto da roda da fortuna. Ela raramente viu um mapa tão bom.
— E o que isso quer dizer?
— Que você tem sorte, pode ousar, arriscar, merda!
Mas Bruno era refém de sua culpa, como Ana fora nos anos de seu casamento, e mudou de assunto imediatamente:
— E a sua filha?
— Estou com medo de que ela acabe fazendo alguma besteira — suspirou Ana.
— É a vida dela.
— Outro dia ela perguntou se podia vir pra cá com as crianças.
— Ah, não! — reagiu Bruno. — Ela não vai fazer essa sacanagem com a gente!

— Não é sacanagem, é crise! Se ela vier, vou ter de lhe dar toda a retaguarda. É o mínimo — acrescentou, generosa e culpada.

— Será que esses caras nunca vão nos dar sossego? — perguntou Bruno, referindo-se aos seus filhos e aos filhos de Ana. — Por que eles não crescem e desaparecem? Por que a gente tem de se preocupar com eles até morrer?

— É a vida — disse Ana, fatigada.

— Se a sua filha se mudar para cá, onde a gente vai se encontrar?

— Motéis. De volta ao começo, meu velho.

— Motéis? — perguntou Bruno, agastado com a idéia.

— É a vida — repetiu Ana, grata ao clichê. Era para isso que serviam os clichês. Para encobrir o que ela pensava.

Naquele momento Bruno se vestia e ela antecipava a frase que ele diria ao se despedir: "Lamento deixá-la, mas o dever me chama". Invariavelmente ele lamentava ir embora, mas invariavelmente a deixava.

— E lá vai você retornar ao conforto da sua pequena infelicidade — disse Ana.

— Não sou tão infeliz como você imagina. Não o tempo todo.

— Eu sei.

Se não estivesse tão cansada, naquele momento teria colocado um ponto final em sua relação com Bruno. "Podemos ser amigos simplesmente", proporia. E o que eram senão isso?

7

— UMA COISA É O QUE A GENTE acha que é a vida, outra coisa é o que a vida realmente é. A vida que se narra ao terapeuta não tem muito a ver com a vida real — disse Ivan. — Levamos o atacado, mas no dia-a-dia a vida é o varejo. O vazio, a ilusão, o nada, a mediocridade, a frustração, a prisão de ventre, a flatulência. Pequenas misérias — acrescentou.

— Mas é possível transcender esse nada se lhe atribuirmos um significado, se acreditarmos que os eventos triviais têm sentido — disse Ana.

— E você continua acreditando em histórias da carochinha.

— Continuo. Não é extraordinário? — perguntou Ana, balançando a cabeça.

Estavam jantando no mesmo restaurante do centro da cidade onde Ana lhe tinha sido apresentada por Luz anos atrás. Num acesso de temeridade, Ana ousara contar a Ivan sobre a última entrevista com o bruxo e sua reação fora surpreendentemente branda.

— O que você esperava desse cara, afinal? Um velho por quem nem sente tesão.

— Eu vivi um enamoramento a despeito das insuficiências da nossa relação.

— Esse cara só existiu para dar continência à sua necessidade de se apaixonar. Aliás como os outros, e pouco importa quem eles são.

— Não é verdade.

— Não é verdade o quê, garota? O que você tem a ver com esse sujeito, o que você e o Antenor tinham a ver? Puta relação neurótica. Coitado do cara — resmungou Ivan.

— Coitado por quê?

— O homem nasceu no sertão de Pernambuco, começou a trabalhar aos oito anos, teve uma vida desgraçada, de repente a professora burguesinha começa a seduzi-lo.

— A sedução foi recíproca.

— O sujeito acreditou que era a chance de a classe operária chegar ao paraíso.

— Não foi um paraíso. Nem pra mim nem pra ele, Ivan.

O líder operário era um homem correto e se sentia agastado com o fato de estar envolvido com uma mulher casada. "Não está certo. Se você me ama, tem de se separar", ele dizia, tão simples, tão reto, tão intransigente. Ana era uma heresia, um desvio, um pecado mortal para os preceitos de seu rigoroso catecismo, tanto mais porque, uma vez apaixonada, ela não queria mais ouvi-lo falar de Gramsci nem de Lukács nem dos desígnios do operariado; preferia ficar de mãos dadas ouvindo Fred Bongusto, *"noi innamorati d'improviso, noi"*, ou Luís Melodia, "tente passar pelo que estou passando, tente me amar como estou te amando".

— Se o que você sente por mim é verdadeiro, por que não se separa? — Antenor perguntava insistentemente.

Ana invocava suas razões, tênues diante da paixão que dizia sentir, mas tinha consciência de que Antenor era apenas um romance com tempo marcado para terminar, e esse tempo seria ditado pela sua resistência à impossibilidade e à dor. Durante os dois primeiros meses, seu idílio se alimentara das diferenças entre os dois, as mesmas que depois seriam o motivo da separação. Nos dois meses finais Ana arrastara o caso na tentativa de que pudessem recuperar a leveza inicial.

— Você parece a pequena vendedora de fósforos — dizia Luz.

— Se aquecendo com o fugaz, buscando uma sensação que já passou.

— Se fomos capazes de produzi-la, seremos capazes de resgatá-la — argumentava Ana. Mas o enlevo que buscava estava perdido.

Uma noite, no fim da última aula, Antenor permaneceu na classe até que só restaram os dois na sala vazia. Quando Ana olhou para ele, sentado na última carteira, soube que a relação tinha acabado.

— Preciso muito falar com você.

— Isso é mesmo necessário?

— Domingo conheci uma moça na festa do sindicato.

— Seja feliz — disse ela.

— Não queria magoar você.

— E quem disse que está me magoando? Viva a sua vida, siga em frente! — disse Ana, precipitando-se para a porta.

Antenor seguiu-a pelo corredor em silêncio, mas, no estacionamento, agarrou-a pelo braço e tentou dialogar.

— A gente não pode se separar assim! Vamos conversar!

— Conversar o quê? Não temos mais nada a dizer. Acabou — disse Ana, controlada, antes de entrar no automóvel. Porém, quando do o carro se afastou, começou a berrar, chorou tanto que ao ver seu rosto no espelho retrovisor percebeu que não podia voltar para

casa: estava desfigurada. De um telefone público ligou para Luz pedindo socorro.
— O que aconteceu?
— O que você previu. Eu não consigo parar de chorar e não posso encarar o Pedro assim, de cara inchada.
— Vem pra cá.
— E o Sérgio, o que vai dizer?
— O Sérgio já está dormindo.
Quando Ana chegou, Luz colocou em sua mão um copo de conhaque e ficou consolando-a até o amanhecer.
— Isso tudo vai passar.
— Mas neste momento só existe o abismo — disse Ana aos prantos. — Puta merda, Luz! Nunca pensei que gostasse tanto desse cara!
— Isso não é só gostar, também é perder e não ter o que colocar no lugar.
— E ainda tenho de explicar ao Pedro por que passei a noite aqui. E dormir, acordar, trabalhar, viver como se não tivesse acontecido nada.
Pedro, contudo, não fez perguntas, e Ana jamais descobriu se ele sabia de seu romance.
— Por que não tivemos um caso? — perguntou Ivan, que fazia essa pergunta todas as vezes em que se encontravam.
— Porque somos muito semelhantes — respondeu Ana.
Em apenas uma ocasião os dois se olharam considerando a possibilidade romântica, mas o reconhecimento havia sido tão intenso que ambos recuaram assustados. Foi uma noite de dezembro, logo depois da publicação do poema de Marianne Moore. Chovia torrencialmente e estavam há horas presos num congestionamento no Elevado Costa e Silva. Ana olhou para o Largo Santa

Cecília e notou uma quantidade enorme de mendigos e moradores de rua abrigados sob as árvores e marquises.

— Isso não era assim quando eu vivia aqui — disse.

— Havia mendigos, mas ninguém morava na rua.

— Você morou neste bairro?

— Fiz a primeira comunhão ali — respondeu Ana, apontando a igreja.

— Eu morava do outro lado da avenida. Nos Campos Elísios.

— Sua infância deve ter sido melhor que a minha.

— Foi uma merda.

— Seu pai abandonou sua mãe?

— Minha mãe abandonou meu pai. Fugiu com o padeiro. Literalmente. O cara era dono de uma padaria na Barra Funda. Eu fiquei com o velho até ele se ajeitar com uma enfermeira que não queria saber de crianças. E foi assim que fui morar com minha avó. Que evidentemente não agüentou o tranco quando entrei na adolescência.

— Você foi um rebelde sem causa?

— Fui bandidinho. Delinqüente, garota.

— Delinqüente como? — perguntou Ana, espantada.

— Furtava, roubava, depredava.

— Roubava o quê?

— Automóveis, toca-fitas, furtava nos supermercados.

Ana estava estupefata.

— E eu imaginando que você tivesse nascido em berço esplêndido!

— Meu pai trabalhava no Hospital Sorocabano. Era motorista de ambulância, um fodido, Ana!

— Você roubava para comprar drogas?

— Roubava para me sentir onipotente, inteligente, destemido.

— E nunca foi apanhado?

— Pelo meu padrasto, quando resolvemos assaltar a padaria. Eu tinha uma turma. A operação foi perfeita, mas ele descobriu que eu estava no comando e me denunciou. E aí eles me despacharam para um reformatório no interior.

— E a sua mãe não tomou sua defesa?

— Já tinha outros filhos para se ocupar quando isso aconteceu. Mas não lamento. Me puseram para trabalhar na biblioteca. Descobri os livros, comecei a estudar, saí de lá disposto a fazer uma faculdade. Entrei em Letras porque gostava de livros. Mas, no meio do curso, passei para Jornalismo porque queria escrever sobre eles. Os livros me salvaram — acrescentou depois de uma pausa.

— A mim também — disse Ana, olhando para a igreja.

— Vê quantas coisas temos em comum? — ele perguntou, acariciando seu queixo.

Ana teve vontade de se abandonar à suavidade do toque da mão de Ivan, mas era tão assombrosa a identificação que ao encontrar os olhos dele sentiu que os dois eram um só. Ela sempre soubera o que esperar de Pedro e de Bruno, mas, por ser espelho, Ivan também era a incógnita, o abismo, a perdição.

— Parece que o trânsito começou a andar — disse Ana, olhando à frente para disfarçar a perturbação que lhe causara a carícia.

— Eu nunca entendi por que não tivemos um caso — repetiu Ivan quando terminaram de jantar.

— Não. Você seria incapaz de me surpreender.

— E quem a esta altura da vida será capaz de surpreender você, Ana?

— Estou falando de trivialidades, como, por exemplo, receber uma flor.
— Você não acha que há coisas infinitamente mais importantes numa relação que essas baboseiras românticas?
— Eu preciso dessas baboseiras — disse Ana.
— E se eu for aquele sujeito que está do seu lado e você não consegue enxergar? — perguntou Ivan, com seu sorriso mais sedutor.
— Você sabe que não é. Além do mais, você está apaixonado por outra pessoa.
— Que provavelmente não é meu tipo.
— As pessoas por quem nos apaixonamos quase nunca são. E isso também diz respeito ao bruxo, Ivan.
— Uma das maldições para os judeus é que os sonhos não se realizem. Mas a maldição maior é que os sonhos se realizem. Talvez seja melhor você deixar as coisas como estão, garota.
— E, no entanto, são os sonhos que nos levam para a frente.
— As frustrações também. E Luz, o que acha dessa história com o bruxo?
— Segundo ela, o desfecho era previsível e foi o melhor que podia me acontecer. Luz diz que o cara que não consigo enxergar é o Bruno. Mas ele não vai se separar.
— E por que você quer que ele se separe? Não está bom assim?
— Não. Eu queria poder sair com ele, ir ao cinema, ao teatro, a um restaurante, me expor publicamente.
— Para isso você tem seus amigos.
— Não é a mesma coisa.
— Lembre-se do cabalista argentino.
— Eu me recuso a desistir desse homem com quem espero viver uma experiência de plenitude, apesar de você achar a palavra babaca!

— O capelão do reformatório costumava dizer que a vida é uma cebola. Vão se retirando as sucessivas camadas e ao chegar ao cerne se descobre que a vida afinal era a cebola com as sucessivas camadas que se jogaram fora. A gente espera o grande momento e não percebe que às vezes já o está vivendo.
— Eu não seria tão distraída.
— Seria, sim, Ana.
— Eu estou muito triste com essa história do bruxo.
— Você vai voltar a ver esse cara?
— Não, mas talvez lhe escreva uma carta.
— Todas as cartas de amor são ridículas. Sempre as mesmas palavras, as mesmas intenções, a mesma falsa sinceridade.
— Não seria uma carta de amor. Eu queria que ele me dissesse de uma vez por todas por que insiste em que o homem da minha vida está ao meu lado!
— Você sabe que está.
— Na verdade isso tudo não tem o menor sentido. Não é hora de pensar em romance, mas de criar meus netos.
— Como está Paula?
— No Rio, trabalhando.
— Outro dia cruzei com ela num restaurante.
— Ela vive em almoços de negócio.
— Não era almoço nem negócio. Ela estava com o letrista que você namorou. E parecia estar bem chapada por esse cara.
Ana ficou atônita.
— É isso mesmo, garota. Sua filha está saindo com aquele bosta.
Ana estava perplexa. Entre todos os homens com os quais Paula poderia se envolver, Raul Guimarães seria o último que lhe ocorreria. Ana meneou a cabeça, inconformada.

— É de muito mau gosto da parte dele namorar minha filha!
— O mau gosto é dos dois!
— O que o Raul está pretendendo com isso?
— Comer uma mulher bonita.
— E precisava ser a minha filha?
— Pare de se referir à Paula como se ela tivesse seis anos de idade! Sua filha é uma mulher! E sabia muito bem o que estava fazendo quando foi para a cama com o Raul Guimarães.

Ana estava devastada.

— Não fique assim — disse Ivan, afagando-lhe a cabeça. — Afinal, não é uma tragédia.

Quando Ana chegou em casa, ligou imediatamente para Luz à procura de consolo e conselho.

— Você não podia prever, Ana.

— Isso é um castigo, um aviso do cosmos para eu ser mais cuidadosa nas minhas escolhas.

— Eu não sei se o cosmos tem alguma coisa com isso, mas também acho que você devia ser mais cuidadosa nas suas escolhas.

— Com tantos homens no mundo ela tinha de se apaixonar justamente por esse cara, umególatra, um autocentrado, um cara que não vê nem escuta ninguém, Luz! — dizia, agitando-se pelo apartamento com o telefone na mão.

— Por que você está tão surpresa e exaltada? O que está incomodando você, Ana?

— A promiscuidade! Esse homem não pode ter um caso comigo e depois com a minha filha! É imoral!

— Talvez ele esteja precisando provar alguma coisa. Ou Paula.

— A quem? A mim?

— Às vezes você é tão cândida, Ana...

— Tudo isso é muito embaraçoso; me dá a sensação de que a vida está fora de lugar. Esse caso transgride alguma lei natural e todos nós seremos punidos por essa transgressão.

— Você não tem culpa, Ana!

— Eu fui com ele à festa de seu aniversário! Fui eu que lhe apresentei Paula.

Durara mais de uma hora seu desabafo com Luz, mas nada do que a amiga dissera a consolara ou apaziguara.

— Você fez o que pôde, mas não é mágica — dissera Luz na tentativa de confortá-la.

— A minha esperança é que Leonardo não me julgue tão severamente como Paula.

— Os filhos sempre julgam, sempre fazem ressalvas, Ana.

"Leonardo, não", pensou Ana, certa de que o filho lhe devotava um afeto isento de críticas.

Por volta das três da manhã, ainda insone, levantou-se para fazer um chá de erva-cidreira. Depois ligou o computador a fim de registrar em seu diário o que acontecera. Era uma tentativa desesperada de ordenar seus pensamentos, mas não conseguiu completar a frase "hoje à noite jantando com Ivan". Finalmente exausta, ligou a televisão e ficou assistindo a um musical de Carmen Miranda. Fazia muito tempo que não se sentia tão indignada, tão infeliz, tão impotente. Quando começou a alvorecer, telefonou para Vívian.

— Por que você está me ligando a esta hora da madrugada? O que está acontecendo, hein, Ana?

— Não preguei o olho a noite inteira. Não consigo me desligar do problema de minha filha!

— Ela não vai se separar agora. Ainda vai ficar alguns anos com o Caio.
— Quantos anos, Vi?
— O tempo suficiente para as crianças estarem criadas. Era isso que você queria ouvir?
— Era isso que eu estava precisando escutar.
— Você já soube que o Pedro se separou da Beth?
— Já.
— Você ficaria muito chateada se eu saísse com o seu marido?
— Ele não é mais meu marido, Vi.
— Olha aqui, não vai dizer depois que eu fui desleal, hein?
— Não estou preocupada com o Pedro, estou preocupada com a minha filha!
— Daqui a umas duas semanas esse caso está encerrado.
— Deus te ouça, Vi.
— Isso não tem nada a ver com Deus. Tem a ver com destino!
Quando Iraci chegou, Ana ainda estava acordada.
— O que foi, dona Ana? Caiu da cama?
— Sabe o Raul, aquele cara com quem andei saindo tempos atrás? E ele que está saindo com a Paula!
— Como é que uma mulher com um marido bonitão como o Caio vai se enrabichar por aquele velho nojento?! Eu vou fazer uma promessa a Nossa Senhora do Desterro para afastar a Paula desse cara!
— Prepare um banho de banheira para mim, Iraci.
— Posso botar sal grosso?
— Ponha o que quiser, contanto que eu consiga dormir pelo menos meia hora antes de sair para a faculdade.
Ana, porém, só conseguiu cochilar na hora do almoço, depois de ter decidido que se ocuparia dos netos no fim de semana. Como fize-

ra com os filhos, iria levá-los ao clube, ao cinema, ao teatro, ao circo, ao zoológico e à noite lhes contaria histórias. Nas próximas quarenta e oito horas se dedicaria de corpo e alma à tarefa de salvar a família de Paula.

— Se ao menos eu soubesse o que a sua filha quer — disse Caio, quando Ana foi buscar as crianças na sexta-feira à noite. — Se ao menos eu soubesse o que ela quer! — repetiu, desolado.

— A Paula está em crise, você é obstetra, lida o dia inteiro com mulheres, escuta suas confidências, as fases turbulentas fazem parte de qualquer casamento.

— Uma coisa é ouvir no consultório, outra é acontecer na casa da gente!

— Acontece na casa de todo mundo, Caio.

— Ela surtou. Surtou! — repetiu Caio, erguendo a voz.

— Fale baixo, as crianças podem escutar — disse Ana, aflita com a proximidade dos netos, que assistiam à televisão.

— A Paula não está escondendo a piração deles, Ana! Ela se tranca no banheiro para chorar e está dormindo todas as noites no quarto da Laura!

— Ela está deprimida.

— E por que não toma o antidepressivo que o psicoterapeuta receitou? O sujeito não falou que a gente precisava fazer uma terapia de família? Eu topo!

— É uma questão de tempo, de pouco tempo, eu asseguro, Caio!

— Você sabe de alguma coisa que eu não sei?

— A Vívian fez a progressão da Paula.

— Eu não acredito nessas coisas!

— Mas eu sim. E posso lhe garantir que em duas semanas toda essa crise terá passado.
— Vocês estão brigando por causa da minha mãe? — perguntou Laura, entrando na sala.
— Vá chamar seus irmãos! Vocês vão passar o fim de semana na casa da sua avó! — ordenou Caio.
— Por quê? — estranhou Laura.
— Porque a sua mãe está viajando e eu vou estar muito ocupado!
— A mamãe não vai voltar?
— Não sei — respondeu Caio.
— É claro que vai voltar! — interveio Ana. — Avise seus irmãos que a vovó está esperando!
Laura olhou desconfiada para o pai e saiu relutante.
— Isso é coisa que se diga à menina? Já não chega a insegurança das crianças? Onde está seu bom senso, Caio?
— Diga para mim, diga olhando nos meus olhos: a Paula tem outro?
— Eu sei que você está vivendo um momento difícil... — disse Ana.
— Não sabe, não! — cortou Caio com lágrimas nos olhos, num tom de fúria magoada que a remeteu a seu marido. Era sempre o mesmo roteiro, os mesmos personagens, as mesmas falas, mas Pedro era infinitamente mais controlado que seu genro, e Ana temia que o destempero de Caio pudesse acelerar a crise e conduzi-la prematuramente a um desastroso desfecho.
— Verdade que você vai levar a gente ao zoológico? — perguntou André, deslizando pelo corrimão da escada.
— É. Vá preparar sua mochila, querido.
— Você me leva ao Butantã, vó?

— Ao Butantã e aonde mais você quiser.

O menino abriu um sorriso que lembrava Paula na mesma idade, os olhos brilhantes antecipavam o prazer da diversão, e ele correu para cima gritando a boa nova para os irmãos.

— Obrigado, Ana — disse Caio.

— Quando a Paula chegar, não faça escândalo, não chore, não cobre, não pergunte nada. Eu sei que é difícil, mas...

— Impossível — interrompeu Caio.

— Se não conseguir fazer isso por você, faça pelas crianças — retrucou Ana. — Filho precisa de pai e mãe, segurança, modelos para imitar, espelhos onde se mirar. Eu sei do que estou falando, Caio. Sei o estrago que foi em minha vida ser criada sem pai.

Caio balançou a cabeça sem convicção, os olhos marejados, o pensamento no Rio de Janeiro, onde Paula provavelmente estaria com Raul.

No sábado à noite, quando Leonardo e Cláudia chegaram, Ana estava preparando hambúrgueres, totalmente esquecida de que eles a haviam convidado para jantar.

— Não disse que ia ser nossa última semana aqui, mamãe? Na segunda-feira já vamos para o interior.

— Desculpem. A viagem da Paula me deixou confusa...

— Está tudo bem — tranqüilizou Leonardo. — Eu e a Cláudia adoramos hambúrguer!

— Tio, vem ver o videogame que a vovó comprou pra gente! — disse Pedro Paulo, irrompendo na cozinha.

— O quê? Você comprando videogame? — indagou Leo, olhando intrigado para Ana.

— Parece que é disso que eles gostam — disse Ana com lágrimas nos olhos.
— O que você tem, mamãe?
— Vou sentir falta de vocês!
— Não é nada disso. Depois você vai me dizer o que está acontecendo! — Leo afastou-se com Pedro Paulo.
Ana assoou o nariz e pegou mais uma bandeja de hambúrgueres no *freezer*.
— Eu também tenho vontade de chorar quando penso que estou mudando para o interior — disse a nora.
— Não são nem duas horas de viagem, Cláudia.
— É outro mundo. Outra vida. O Leo pode gostar. Eu não.
— Você ainda ama meu filho?
— E o que é que tem uma coisa com outra? — respondeu Cláudia, desconcertada.
— Estou perguntando se você ainda o ama para valer ou se ficou só um resíduo melancólico daquela paixão. Porque os sentimentos se transformam e é comum a relação se tornar mixa ou muito ruim.
— Se não amasse o Leo iria topar essa aventura? — respondeu Cláudia sem perceber que Ana não estava apenas se referindo a ela, mas também a Paula e à confusão de sentimentos que se debatiam dentro dela.
— Você não sabe a falta que vou sentir do meu filho e da generosidade dele — disse Ana.
— Eu não acho o Leo nada generoso! — protestou a nora.
— Pode não ser no varejo. Mas é nas grandes coisas. Muito mais generoso do que a Paula. "Pelo menos comigo", poderia acrescentar.
— É bom a gente não ter filhos — disse Cláudia. — Se não der certo, fica mais fácil se separar.

— É isso que você quer? Se separar do Leonardo? — interpelou Ana.

Cláudia deu de ombros.

— Se ele resolver se enterrar no meio do mato e não cumprir o que me prometeu...

— Eles jamais cumprem, meu bem. Não deposite sua sorte nas mãos dele. Arrume um trabalho, uma atividade, qualquer coisa que lhe dê prazer.

— Não sou esse tipo de mulher. Eu não sou como a Paula.

"Não", pensou Ana, dando-se conta de que Leo se casara com uma mulher que era seu oposto. Seria uma forma de renegar o tipo de esposa que ela tinha sido?

— A Iraci falou que você conhece um bruxo incrível — disse Cláudia.

— Quer saber se vai continuar casada com o Leo?

— Quero saber quanto tempo o Leo vai agüentar ficar no interior.

— Segundo esse bruxo, é uma boa mudança.

— Não diga isso ao Leo.

— Já disse — respondeu Ana. — E se você ainda estiver apaixonada vai ao inferno com ele — acrescentou, veemente.

Cláudia olhou para Ana, espantada com sua reação quase rude e despropositada.

— Desculpe. Estou muito tensa. Não é nada com você — acrescentou Ana, já arrependida de sua rispidez.

— Você teria coragem de jogar tudo para cima por causa de um homem? — perguntou Cláudia.

— Não sei. Mas gosto de pensar que sim.

— Duvido que você tivesse coragem de fazer isso, mesmo muito apaixonada.

Ana sorriu. Era a primeira vez que sorria desde que Ivan lhe contara sobre Paula e Raul.

— Acho que sim. Eu seria capaz de fazer uma coisa dessas. Sobretudo agora — disse Ana enquanto enfeitava a travessa de hambúrgueres com ramos de salsa. Naquele momento, tudo o que desejava era ir embora com outro homem, deixando que os filhos resolvessem sozinhos suas dificuldades.

— Não acredito que você tivesse coragem de deixar tudo para trás por causa de um cara. Você é muito sensata para fazer isso.

— Sou. Fui. Sobretudo por causa dos filhos. Mas agora o que teria a perder?

— O que está acontecendo com a Paula? — perguntou Leo quando as crianças foram se deitar.

— Sua irmã está em crise com o Caio.

— É por isso que você está tão descontrolada?

— É — Ana respondeu, impaciente.

— Você não vai resolver o problema da Paula nem o meu nem o de ninguém, mamãe!

— Não, mas isso não impede que eu imagine que possa resolvê-los! — disse Ana.

— Você não prometeu que ia ler para mim a história da Bela Adormecida, vovó? — Laura gritou do quarto.

— Já vou, meu bem. Já vou.

— Eu faço isso! — disse Cláudia, que se sentia mais próxima da sogra depois da conversa na cozinha.

— Afinal, o que está acontecendo? — perguntou Leo quando ficaram a sós.

— Estou muito deprimida. Mas sua irmã tem apenas uma parte na minha depressão — disse Ana, entornando em seu copo o que restava da garrafa de vinho.

Pela primeira vez em sua vida Ana teve vontade de acender um cigarro. Talvez fosse por isso que sua mãe fumava tanto, para ganhar tempo, para ter a sensação de que liberava na fumaça a raiva e a impotência que a sufocavam.

— Eu ajudo você com a louça — prontificou-se Leo, empilhando os pratos sujos. — Quando você achar que pode me dizer por que está tão nervosa...

Como contar a Leonardo que a irmã estava tendo um caso com seu ex-namorado? Como o fazer sem uma atitude que a redimisse da sua culpa?

Na segunda-feira de manhã, marcaria um encontro com Raul para exigir explicações e desancá-lo. Sua fúria era tanta que seria capaz de matá-lo. "Sim, acho que eu faria isso com muito prazer", pensou Ana, quebrando a taça de vinho nas mãos e vendo o sangue tingir de vermelho a toalha branca. Assustada, enrolou um guardanapo no ferimento e correu para o banheiro. "O que está acontecendo comigo?", perguntava-se. A dor a fez evocar a casa da avó, Ana com um corte na mão e sua mãe correndo atrás dela com um vidro de mercurocromo. "Não vai doer nada", dizia. Mas ela não acreditara na mãe. Subira as escadas correndo e entrara no ateliê, onde uma cliente estava provando um vestido de noiva. "Saia já daqui!", gritara a avó em pânico, enquanto a mãe a pegava pelo braço e humildemente se desculpava pela invasão. Sempre a pedir desculpas por ela e pela filha, "essa menina não tem modos", "essa menina não obedece ninguém". A mãe nunca a defendia, nem quando ela tinha razão, mesmo quando era uma gritante injustiça e Ana bradava pela casa: "Por que não me defende se sabe que estou certa, mamãe?". "Fale baixo! Você quer que a vovó nos mande embora?", perguntava a mãe, apavorada. "Quero", respondia Ana, pensando no pai. "Se não fosse a bondade de sua avó estaríamos na rua da amargura." "Mas nós já estamos na rua da amargura", retrucava Ana. Seu maior desejo era que a porta se abrisse e o pai a levasse para longe dali.

Ao abrir o armário à procura do mercurocromo, Ana estremeceu. Não era apenas por causa de Paula que estava assim nem por causa de Raul, tampouco pelo significado profundo e superficial de tudo isso. Sua angústia e desequilíbrio não tinham a ver com a filha, mas com sua intuição, concluiu, enquanto a água se misturava ao sangue e escorria encarnada para dentro do ralo. Esse descontrole associado a um comportamento destrutivo soava vagamente familiar, como um *déjà vu*. A primeira vez que experimentara esse desconforto tinha sido dias antes de o pai abandoná-la. "É isso. Alguma catástrofe está para acontecer", pensou, sobressaltada. E seria inútil se debater na tentativa de detê-la. Ana jamais conseguira impedir ou modificar uma calamidade pressentida. Era a ação do destino, e não havia nada que pudesse ser feito para mudar seu curso inexorável.

Quando entrou na cozinha, Leo estava acomodando meticulosamente a louça suja na máquina de lavar pratos.

— Que é isso? Machucou-se? — ele perguntou, referindo-se à bandagem.

— Cortei a mão. Nada de grave — Ana respondeu, tensa.

— E então, vai falar ou não vai? — indagou Leo, encarando a mãe.

— A gente acha que sabe das coisas, mas não sabe nada. Eu me acho tão rápida, tão sagaz e não consigo enxergar a um palmo do nariz.

— Por que está dizendo isso?

— Só descobri esta noite que você se casou com uma mulher totalmente diferente de mim. Por quê, Leo? Por que se casou com Cláudia?

— Que papo estranho é esse agora, mamãe?!

— Não é cobrança, é curiosidade. Por que escolheu uma mulher tão diferente de mim?

— Mas que pergunta mais idiota, mamãe!

— Não é idiota! Isso dá a medida da sua desaprovação, da sua censura.

— Sabe por que eu escolhi a Cláudia? Porque é bonita, gostosa e não fica às voltas com questões transcendentais como você, mamãe.

— Você sabia, não sabia, Leo?

— Sabia o quê, do que você está falando, mãe?

— Você sabia que eu tinha um caso com o Bruno, não é, Leo?

— E que importância tem isso agora? — perguntou Leo, enrubescendo.

— Se não tivesse importância, você não teria ficado perturbado.

— Eu não quero falar sobre isso, mamãe — disse Leo, desviando o rosto, contrariado.

— Mas eu preciso saber a extensão dos danos que isso fez a você.

Leo volveu lentamente a cabeça e a encarou.

— Eu só não queria que o papai soubesse. Era isso o que mais me angustiava, mamãe.

Ana fez um movimento afirmativo.

— Gostaria que meus problemas não tivessem contaminado vocês.

— Ninguém está acusando ou culpando você, mamãe.

— Há muitas formas de fazer isso. E você o fez se casando com uma mulher diferente de mim.

— Se eu tivesse me casado com uma mulher parecida com você, já teria me mandado para o psiquiatra. Sabe do que você está precisando? — disse Leo, abraçando a mãe. — Se desligar dos problemas da Paula e ir passar uns tempos comigo no interior.

Ana apertou o filho contra o peito e começou a chorar. Teria sido possível evitar a aflição de Leonardo às voltas com o temor de que o pai descobrisse que Bruno era seu amante, mas jamais conseguiria livrá-lo de todos os males. Ana pensou na história da Bela Adormecida que a nora devia estar lendo para Laura e perguntou-se por que entre todos os livros tinha escolhido exatamente esse, que ilustrava de maneira contundente a inutilidade de impedir que os filhos sejam atingidos pela adversidade.

8

NA SEGUNDA-FEIRA, a primeira providência de Ana foi marcar um encontro com Raul.
— Ótimo. Eu estava mesmo querendo falar com você — disse ele com voz pastosa, a sua costumeira voz matinal. — Vamos jantar?
— Não, só quero conversar e tem de ser logo.
— Onde?
— Na sua casa. Estou indo para aí agora.
— Mas agora? Eu cheguei de viagem ontem, estou cansado, preciso dormir.
— Durma depois que eu sair. Se for capaz — acrescentou Ana, batendo o telefone.
Sua irritação crescera ao ouvi-lo dizer que tinha chegado de viagem no dia anterior. Quando ela fora devolver os netos no domingo à noite, Paula dera a entender que havia ido para o Rio sozinha.
— Obrigada por ter ficado com as crianças — dissera, surpreendentemente amistosa.

— Você parece muito bem, Paula.
— Foi muito bom esse tempo que passei no Rio sozinha.
— Consultou o astrólogo?
— O Caio está lá em cima assistindo à televisão com as crianças. Amanhã conto tudo a você.
Ana perscrutou a filha.
— Fez bem em viajar sozinha. Não há nada melhor para pôr a cabeça no lugar.
— Não tire conclusões precipitadas porque nada mudou, mamãe.
Ana pensou em lhe dizer que já sabia quem era seu amante, mas subitamente viu Pedro Paulo no patamar da escada olhando atentamente para elas. Há quanto tempo estaria ali?
— Precisa de alguma coisa, querido? — disse Paula.
O menino sacudiu a cabeça e continuou no mesmo lugar.
— Você me acompanha até meu carro? — Ana perguntou à filha.
— Amanhã a gente conversa! — respondeu Paula, irritada.
— Agora! — ordenou Ana. O que tinha a lhe dizer não podia ser dito ali, com as crianças subindo e descendo e Caio assistindo à televisão no andar de cima.
Ana abriu a porta e Paula seguiu-a sem protestar.
— Você já se imaginou vivendo ao lado do Raul com seus filhos? — perguntou Ana, quando se viu na rua.
— Como você soube que é o Raul? — indagou Paula, lívida.
— Não importa que eu saiba. Mas cuide para que o seu marido não descubra que você tem um amante.
— Ele nem desconfia.
— No seu lugar não teria tanta certeza — disse Ana, entrando no carro.

— Por que você está dizendo isso? — perguntou, preocupada.
— Na sexta-feira à noite, quando vim pegar as crianças, Caio me perguntou se você tinha caso com alguém.
— O quê?!
— Amanhã a gente conversa melhor — disse Ana, dando a partida. Pelo espelho retrovisor, ela viu Paula petrificada olhando o carro se afastar.

— O que é que você quer com a minha filha? Destruir o casamento dela? O que você pretende, Raul?
— Está servida? — disse Raul, preparando um uísque. — Eu tinha parado de beber, mas acho que preciso me municiar para enfrentar você!
— Beba quanto quiser! Quanto mais cedo você morrer, melhor!
— Isso não foi gentil, Ana.
— E o que você está fazendo a minha filha é o quê?
— Por que está com tanta raiva de mim? — perguntou, desolado.
— E por que entre tantas mulheres resolveu seduzir justamente Paula?
— Porque é uma mulher bonita, porque ela estava carente, porque...
— E você acha que pode resolver as carências dela, Raul? — cortou Ana, indignada. — Olhe para você, um alcoólatra, um velho nojento, como diz a minha empregada!
— Não foi pelo velho nojento que sua filha se interessou, mas pelo poeta.
— A Paula não é romântica.

— Todas as mulheres são. Até as que não parecem — disse ele, mostrando os dentes escurecidos pela nicotina. — Você está furiosa porque me apaixonei? Logo você, que escreveu tantos versos deplorando a falta de amor?!

— O que é que você queria provar? Que era capaz de se deitar com a mãe e a filha? — explodiu Ana, furiosa com a agressão velada e o desplante.

— O fato de vocês serem mãe e filha foi circunstancial e não proposital — ponderou ele, reforçando a dose de uísque. — Eu sou um homem que ama as mulheres, um coração vagabundo. Não preciso provar nada a ninguém — acrescentou naquele tom falsamente humilde do tímido sedutor.

"O homem que ama as mulheres. Logo ele, que arquejava desesperado sobre mim quando não conseguia uma ereção. O que foi que Paula viu nele?", perguntava-se Ana, olhando seu rosto tumefato, as bolsas imensas sob os olhos, as pálpebras descaídas, a boca flácida. Raul era uma ruína, um "destroço", como dizia Ivan.

— O que é que você viu nesse cara? — Ivan perguntara, inconformado, quando Ana começou a sair com Raul meses depois de sua separação.

— A gente gosta das mesmas músicas — respondera Ana.

— Como é que você pode gostar desse monte de merda, dessa música de bêbados, desse cara que perdeu o trem da história e continua freqüentando os mesmos bares e enchendo o saco dos músicos para tocar isso ou aquilo?

Ana recordou Raul pedindo a um pianista que tocasse *Aqui neste mesmo lugar*, no bar esfumaçado, e cantando fora de ritmo, invertendo as estrofes, esquecendo as palavras, o hálito de álcool, o pigarro, os pulmões doentes como os de sua mãe, o fígado cozido em uísque, o passado sempre na garganta, a voz rouca, os olhos congestionados e a inevitável sentença: "Não se faz mais música como antigamente". E o pianista respondendo ao pobre-diabo com um sorriso complacente. A vida inteira repetindo a mesma frase, ouvindo as mesmas músicas, olhando para trás, atravessando a vida ao contrário. E Paula se apaixonara por ele.

— Você acha que é homem suficiente para minha filha, Raul?
— Você conhece muito mal sua filha, Ana. E não estou entendendo a razão de toda essa cólera. Afinal, a gente já não estava mais saindo quando comecei a me envolver com a Paula. E se eu bem me lembro foi você que veio com aquela história de "podemos ser amigos simplesmente".

— Porque era muito angustiante ir para a cama com você! — disse Ana para feri-lo.

Raul lançou-lhe um olhar triste e tragou profundamente antes de responder:

— O que importa para sua filha não é o sexo, mas aquilo que é infinitamente mais difícil de obter: a poesia, o romance.

— Ela é muito jovem para querer só isso, e você sabe muito bem que o álcool minou sua virilidade.

— Mas não a minha capacidade de me enternecer ou me apaixonar — ele retrucou, magoado. — Eu estou apaixonado por sua filha, não tem nada a ver com você! Não precisa ser tão rude, Ana.

— Pare de se comportar como se fosse a vítima! — gritou Ana, irritada.

— Você está ressentida comigo porque eu amo sua filha? Você está com ciúme, Ana? — acrescentou Raul, girando o gelo com o indicador.

— Quanta pretensão! Quanta presunção! — gritou Ana, meneando a cabeça. — Eu com ciúme de você? Era o que me faltava!...

— Pode não ser politicamente correto, mas é humano.

— Ciúme do quê? Dessa coisa constrangedora e patética que você se tornou, Raul?

— Eu era diferente quando a gente saía junto? E você não me achava interessante?

— Você se acha mesmo irresistível? — perguntou Ana com um sorriso sardônico.

— Eu tenho tão pouco. E você quer me destituir de tudo...

— Se minha filha se separar por sua causa, eu mato você! — disse Ana com o dedo em riste.

— "Guarda a rosa que eu te dei, esquece os males que eu te fiz..." Lembra-se dos versos de Antônio Maria? "A rosa vale mais que a tua dor." Não esqueça o que a gente viveu, Ana.

— A gente não viveu nada! — retrucou ela secamente.

— Você está muito nervosa para ser justa com você e comigo.

— Vá pro inferno! — gritou Ana, caminhando em direção à porta.

Quando se olhou no espelho, reencontrou a mesma face crispada pelo remorso e indignação da época em que se excedia nas discussões com Pedro. Era exatamente o mesmo ricto e a mesma ira, em parte porque ele não revidava ou reagia magoado, invertendo o jogo, mesmo quando ela tinha razão. Pedro tinha o poder de fazê-la sentir uma megera, exatamente como ela estava se sentindo agora, depois do entrevero com Raul. Desgostava-a o fato de ter aludido à virilidade, seu discurso tinha sido tão ofensivo quanto ineficiente, desgostava-a sobretudo compreender que não fora procurar Raul movida apenas pelo zelo maternal, mas pelo ciúme que sentia de Paula, como ele enunciara tão claramente: "Pode não ser politicamente correto, mas é humano".

Ao entrar no carro, o primeiro impulso de Ana foi ligar para Luz e despejar sua exasperação.

— Ele teve coragem de dizer que a Paula se envolveu com ele porque está carente de romance! — gritou.

— É possível — considerou Luz, muita calma.

— Você está querendo dizer que o sexo não é importante para minha filha?

— A sua relação com o bruxo não é assim, Ana?

— Eu não tenho a idade de Paula.

— Mas tem a mesma fome.

— Como é que a Paula pode estar faminta com um pai como Pedro? A garotinha do papai, a favorita, a mais bonita, a mais mimada! Por que uma mulher com um pai bonito, amoroso, apaixonado vai se envolver com um velho caindo aos pedaços?

— Você não pode controlar tudo, Ana.

— Por que ela fez isso? Para me agredir, me punir, para competir comigo e provar que era a melhor? — perguntou Ana, prorrompendo em prantos.

— Por que está tão envenenada se o enredo de sua filha não lhe diz respeito?

— Porque é um episódio degradante. Pelo que revela e pelo que esconde, Luz. Raul sugeriu que eu estava com ciúme e percebi que tinha razão. Eu nunca me apaixonei por ele, mas de alguma maneira era meu, fazia parte da minha história, e agora faz parte da história de Paula. E o papel dela em sua história é infinitamente mais importante do que o meu — confessou Ana. — E eu estou me considerando a mais torpe das criaturas por me sentir dessa maneira! — acrescentou, chorando convulsivamente. — Como é que vou encarar Paula depois de me dar conta de que o meu zelo

maternal é apenas fachada para encobrir o ciúme, a inveja, o despeito e a dor-de-corno?
— Isso só comprova a sua humana natureza, Ana.
— Ao diabo com a minha humana natureza! Eu estou me sentindo uma bruxa, e eu odeio me sentir assim! — disse Ana, desligando.

O celular tocou logo em seguida; ela sabia que era Luz, preocupada com seu descontrole, mas não atendeu. Sua vontade era berrar, e foi o que fez quando o carro entrou no túnel da Avenida 9 de Julho.

— Ela já está aí esperando a senhora — cochichou a empregada, quando Ana entrou. — Está no escritório, falando ao telefone com seu Raul.
— Sirva o almoço, Iraci.
— Não para mim. Eu estou de saída — disse Paula, entrando na sala.
— O que foi que aquele bêbado falou? — interpelou Ana.
— Ele rompeu comigo! Está satisfeita, mamãe?
— Se interessa a você, estou aliviada.
— Mas eu não! Eu estou muito puta, porque você não tinha o direito de se meter na minha vida!
— O que é que você espera daquele homem? Um homem com a saúde destruída, um alcoólatra?!
— Ele não bebe mais.
— Estava bebendo hoje de manhã.
— Porque você foi lá para infernizá-lo!
— Ele é um bêbado, inventará pretextos para beber em qualquer circunstância.

— Eu gosto do Raul em qualquer circunstância, mamãe! — desabafou Paula, emocionada.

— Você não é sozinha, para onde for vai levar as crianças. Pense nisso antes de acabar com seu casamento por causa daquele bosta!

— O astrólogo do Rio mandou para você — disse Paula, abrindo a bolsa e jogando para Ana uma fita cassete. — Ele mandou você procurar um médico.

— Por quê?

— Não sei, não ouvi! Não me meto na sua vida! Eu sou muito diferente de você, mamãe!

— Não é, não — respondeu Ana. — A vida inteira pensei que fosse, mas está repetindo as minhas cagadas.

— Se eu continuar sendo infeliz ao lado do Caio, está tudo bem, não é, mamãe?

— Você pode não ser feliz ao lado de Caio, mas não o será jamais ao lado de um alcoólatra.

Paula olhou para Ana, ressentida, e saiu pisando firme em direção à porta. Sua intromissão tinha sido tão desastrosa quanto imperdoável, e Ana não sabia se chorava ou corria atrás da filha para se desculpar dos danos que lhe causara desde que ela fora gerada em seu ventre. Naquele momento, Ana atribuía a si todas as culpas: todos os males de Paula, genéticos e adquiridos, advinham dela.

— Vem almoçar, dona Ana — disse a empregada, colocando a bandeja sobre a mesa.

Mas Ana tinha perdido o apetite, queria escutar a fita que o astrólogo lhe enviara, saber por que ele a mandara consultar um médico.

— Coma, venha comer, que a senhora está muito magra — insistiu a empregada.

Ana fez um sinal para Iraci retirar a bandeja e a voz do astrólogo encheu a sala.

"Ana, ao fazer a progressão de sua filha, vi uma quadratura de Plutão com a Lua e fui verificar se o problema dizia respeito a ela ou a você... A resposta veio clara quando verifiquei sua Vênus transitando pela casa Oito. Procure seu médico, porque é provável que você esteja com um probleminha no seio... Como você está com a Lua na casa Doze", acrescentou depois de uma pausa, "provavelmente deve ser no seio direito."

Ana gelou. Seus conhecimentos de astrologia eram muito limitados, mas sabia que a passagem de Vênus na casa da Morte não era bom sinal. Entretanto, há pouco mais de um mês tinha ido ao ginecologista, e a unica má notícia que recebera era a de que estava entrando na menopausa.

"Não é possível", pensou, abaixando o volume. Seu estado de saúde era tão satisfatório que o médico achou desnecessário pedir ultra-som e mamografia, pois os que fizera seis meses antes estavam absolutamente normais.

— Está tudo bem, Ana. Útero, ovário, mamas — afirmara Artur, seu ginecologista há trinta anos, aquele que trouxera ao mundo Paula e Leonardo e diagnosticava seus problemas de saúde como ninguém, mesmo os que não diziam respeito à sua especialidade.

"Não pode ser verdade. Ele se enganou de mapa", pensou, retirando bruscamente a fita do aparelho de som. Mas as palmas de suas mãos estavam úmidas de suor, o mesmo suor frio que escorria de suas têmporas.

— A senhora está tão branca, dona Ana! Aconteceu alguma coisa? — perguntou Iraci, preocupada.

— Não, não aconteceu nada — respondeu Ana com voz apagada.
Por via das dúvidas, ligou para seu ginecologista e perguntou se ele conhecia um bom mastologista.
— Por quê? Detectou algum carocinho?
— Não detectei nada, é conselho de um astrólogo do Rio de Janeiro.
O médico deu uma gargalhada.
— Você não acredita nessas coisas, não é, Ana?
— Se não acreditasse, não estaria ligando para você.
— Mas astrologia é uma tolice.
"É uma ciência mais exata que a medicina", Ana ficou tentada a responder, mas disse apenas:
— Se você não pode me indicar um bom mastologista, vou ter de pedir a meu genro, Artur.
— Você é uma professora universitária, não pode ficar impressionada com essas coisas!
— Eu não estou impressionada. Estou me cagando de medo — ela respondeu, enfática.
— Eu posso indicar dois colegas que são os papas da área. Um deles, aliás, é grande amigo do Caio.
— É esse que eu quero — atalhou Ana, antecipando as vantagens que a ligação dele com seu genro lhe daria.

No fim da tarde, Vívian entrou na casa de Ana trazendo mel e flores da serra.
— Para adoçar sua vida e embelezar sua casa — disse, muito bem-disposta. Estava com os cabelos mais curtos e mais claros e o

vestido era justo o suficiente para Ana perceber que ela tinha emagrecido.

— Regime do morango! — explicou Vívian, que era uma especialista em *spas* e regimes. — Não estou uma sílfide?

— Você está muito bem — disse Ana, intuindo que a aparência radiosa de Vívian não se devia apenas à dieta, mas a um novo romance.

— E Paula, como está?

— Péssima, Vi.

— O Pedro está arrasado com essa história.

— Mas felizmente você está perto dele para consolá-lo — respondeu Ana, mordaz.

— Eu perguntei se não tinha problema sair com ele e você respondeu que não!

— A sua ética é realmente tocante, Vi!

— Espera aí! Você não é mais a mulher dele, o seu certificado de propriedade caducou, não tem portanto o direito de me cobrar! — defendeu-se Vívian.

— O Pedro é todo seu! Mas não fique imaginando que por ser minha amiga e estar saindo com meu ex-marido nós vamos constituir uma alegre família!

— O que é que você tem? Por que está tão tensa? Eu vim em missão de paz! — disse Vívian, desconcertada.

— Então não mencione Pedro ou o problema da Paula.

— Se eu não soubesse que você está com uma conjunção de Marte e Saturno, ia embora agora mesmo, Ana! — retrucou Vívian, magoada.

— É só essa conjunção que está me perturbando? E o que mais você sabe?

O BRUXO 143

— Ana, tudo que nos acontece, o bom e o ruim, é para nos ensinar alguma coisa — sentenciou Vívian.

— O que é que eu posso aprender com isso? — perguntou Ana, pensando num eventual problema no seio.

— A humildade. Você não pode controlar tudo nem resolver os problemas de todo mundo — disse Vívian, pensando em Paula.

— Então é só isso que existe de preocupante no meu mapa. Uma conjunção de Marte e Saturno?...

— E vai passar, como tudo passa.

— O que significa um trânsito de Vênus pela casa Oito?

— Fim de uma relação amorosa. Fim da fase reprodutiva da mulher. Deve ser o seu caso, Ana.

"É incrível", pensou Ana, "o mapa realmente é uma partitura, o que varia é a interpretação." O que preocupava Ana era saber que o astrólogo do Rio era um intérprete muito mais sensível e experiente do que Vívian. "Certamente ele tem razão." De outro modo não se justificaria ele tê-la mandado procurar um médico.

— Sabe quem me ligou para perguntar de você? O professor.

— O que ele queria?

— Saber de você. E eu disse que, fora o problema da Paula, estava tudo bem. Respondi corretamente?

— Hum-hum — murmurou Ana, intrigada com o súbito interesse do bruxo pela sua vida. Teria detectado nas cartas o mesmo nódulo?

— O Pedro gostaria de falar com você — comunicou Vívian, muito grave.

— Se é sobre Paula, diga-lhe que esqueça!

— É sobre tudo, Ana. Afinal, vocês dois ainda não se sentaram para conversar desde a separação.

— Não temos nada para dizer um ao outro. Se tivéssemos, ainda estaríamos casados.

— Ele *precisa* falar com você — frisou Vívian.

— Sobre o quê? Será que ele quer minha permissão para vocês namorarem?!

— Nós estamos nos entendendo tão bem que provavelmente vamos nos casar.

A revelação caiu densa e inesperada. Ana assentiu, aturdida, e, ato contínuo, os imaginou na cama depois do amor, e Vívian compassiva, acariciando seu peito:

— Nenhuma mulher compreendeu você, Pedro.

Então Ana se deu conta de que, no afã de diminuí-la e banir para sempre qualquer possibilidade de reconciliação entre ela e Pedro, Vívian talvez já tivesse comentado sua relação com Bruno. E possivelmente revelara que o caso era antigo.

— Ele sabe de Bruno, Vi?

— Quem não sabe de Bruno, Ana?

— O Pedro sabe que eu tive um caso com Bruno na época do meu casamento?

— Que importância tem isso agora? — perguntou Vívian, impaciente.

— Você contou ao Pedro que eu traí, Vi? — interpelou Ana.

— Ele sempre desconfiou que você o traía.

— Você não respondeu à minha pergunta! — gritou Ana.

— De qualquer maneira, que diferença isso faz agora?

— Você é muito irresponsável e muito maldosa, Vi.

— Eu só confirmei a suspeita que ele tinha — defendeu-se Vívian. — Nós não queremos magoar você. Não queremos que você se sinta atraiçoada, Ana!

— Vá embora daqui! — disse Ana, apontando a porta da rua.

O BRUXO 145

— Você tem coragem de romper uma amizade de trinta anos?
— Foi você quem rompeu, Vi.
— Sabe o que o Pedro me disse ontem? Que a melhor coisa que lhe aconteceu foi ter-se separado!
— Evidentemente você deve ter colaborado para que ele chegasse a essa conclusão!
— Você não tem nenhuma moral para se sentir atraiçoada!
— O Pedro pode dizer isso. Você não. E agora, por favor, retire-se de minha casa!
— E você se considera um grande caráter e um grande coração, não é, Ana? — disse Vívian, batendo a porta.

Ato contínuo, Ana começou a chorar, menos por causa do rompimento de uma amizade tão antiga, mas por só ter coragem de fazê-lo quando o espectro do câncer a espiava. Por que tinha tolerado Vívian tantos anos e se atritado tantas vezes com seus amigos para defendê-la?

— Uma histérica delirante — dizia Luz.
— Se ao menos fosse uma louca interessante! Mas ela é burra, invejosa e superficial! — costumava dizer Ivan. — Como é que você agüenta essa mulher?
— Porque é solícita e generosa — argumentava Ana.

Mas era dessa maneira que ela controlava todo mundo à sua volta. Ana só não compreendia por que Pedro, que a vida inteira ridicularizara o esoterismo de Vívian, estava agora de namoro com ela.

9

O MASTOLOGISTA ERA JOVEM, bonito e aparentemente pouco sensível a tudo que não estivesse relacionado à sua especialidade. Desde que entrara naquele consultório, Ana sentia-se uma grande mama; a única informação pessoal que ele tentara obter dizia respeito a seu genro:

— O Caio ainda quer comprar um veleiro?

— Não sei — respondeu. Não sabia sequer que o marido da filha sabia velejar.

De olhos cerrados, o belo doutor apalpava o peito de Ana, e era nessa diligente tarefa que sua atenção estava concentrada.

A vaselina líquida facilitava o deslizar dos dedos pelas mamas, e eles iam descrevendo círculos e elipses, explorando limites, esquadrinhando delicadamente seus volumes e depressões.

— Não detectei nada — disse o médico, abrindo os olhos.

— Pode ser que ainda não seja palpável, doutor.

— Vamos examinar no ultra-som.

— Por que não faço logo uma mamografia?

— Afinal, quem mandou a senhora aqui? O Caio ou seu ginecologista?

"Se eu dissesse, você não acreditaria", ficou tentada a dizer, mas preferiu responder:

— Apenas segui minha intuição.

Na penumbra da sala de ultra-som, Ana viu na tela o interior de seus seios, pequenos mas ainda firmes, e lembrou-se de sua angústia na adolescência quando os comparava aos das amigas. "A Ana é uma tábua", diziam. Eles só despontaram viçosos depois de ela amamentar seus filhos, e Ana creditava a mudança ao fato de terem sido órgãos de nutrição, e isso não compreendia apenas o leite, mas o afeto implícito no ato da amamentação.

— Você não tem nada. Suas mamas são perfeitas — disse o médico.

— Examine melhor o seio direito — pediu Ana.

— Por que está cismada? Morreu alguém de câncer de mama em sua família?

— Não — respondeu Ana. — Minha mãe morreu de enfisema pulmonar.

— Espere... — disse ele de repente, cravando os olhos no monitor. — Acho que encontrei — acrescentou. — É milimétrico, quase invisível. Como descobriu esse nódulo? — perguntou ele, intrigado.

— Não fui eu. Foi meu astrólogo — disse Ana, antegozando a reação de incredulidade.

— Não acredito nessas coisas.

— *Pero las hay,* doutor.

— O que existe são as coincidências.

— É coincidência um astrólogo que vive a quase quinhentos quilômetros de distância dizer que tenho um nódulo e indicar o seio onde está localizado?

— Eu sou médico, só acredito na ciência.
— Pode-se ter várias crenças, uma não exclui necessariamente a outra.
"A sabedoria está em utilizar todos os recursos que estão à nossa disposição", Ana teve vontade de dizer, porém seus argumentos soariam absurdos ao belo doutor. Em vez disso, perguntou:
— Esse nódulo é maligno?
— Vou solicitar uma mamografia e, dependendo do laudo, fazemos uma biópsia.
Ana sentiu um arrepio ao ouvir a palavra "biópsia". Era tão longínquo... Como os crimes, aconteciam a outras pessoas. "Quem vai me acompanhar?", pensou Ana em pânico. Sempre fizera os exames de rotina sozinha, mas essa mamografia assumia outra dimensão: o resultado tanto poderia libertá-la da angústia que estava sentindo como apontar para uma dolorosa mutilação. Não era só o medo que a paralisava, mas um desamparo avassalador. Sentia-se vagando à deriva, sua sorte não dependia mais de deuses ou de preces, mas do acaso. Ela deparava assustada com o corolário da predestinação.
"Quem vai me acompanhar?", perguntava-se. Era hora de abdicar de sua auto-suficiência e pedir ajuda a quem tivesse a dimensão exata do afeto e da solidariedade e não sucumbisse à tentação das frases feitas. Não havia outra pessoa, além de Luz, com quem desejasse partilhar seu terror.
— Então o astrólogo estava certo. Eu tenho um nódulo — disse olhando seus seios no espelho do lavabo do médico, antes de vestir o sutiã. A parte de que mais gostava em seu corpo, seu ponto de honra, o deleite de Bruno. "Eu adoro estes peitinhos", dizia, acariciando lubricamente seus mamilos, percorrendo-os com a língua, sugando-os para excitá-la. — Eu tenho um nódulo — repetia

O BRUXO 149

Ana obsessivamente, e esse fato era tão conspícuo que reduzia drasticamente todas as suas outras preocupações.

— Finalmente você está sendo ponderada. O problema da Paula não é uma questão de vida ou morte. Nem o seu é, por enquanto — disse Luz.

Estavam ambas na sala de espera da unidade radiológica. A qualquer momento a recepcionista chamaria o nome de Ana e ela entraria numa pequena sala, com o dorso coberto apenas pela bata de algodão, que subitamente incorporaria o peso e o estigma de uniforme de sentenciado.

— Eu tenho um nódulo no seio. Se fosse um problema banal, não estaria assinalado no meu mapa.

— O Bruno já sabe? — perguntou Luz.

— Não, não tive coragem de contar.

— Por quê?

— Não lhe diria pelo telefone e, no momento, não tenho a menor condição emocional de encontrá-lo.

— Você o subestima, Ana.

— É possível, mas tudo ficou tão opaco desde ontem...

— É apenas um mau momento.

— Foi mais ou menos o que o bruxo falou.

No dia anterior, depois de sair do consultório do mastologista, Ana procurara o bruxo para tentar saber a natureza de seu nódulo. Intrigava-a que ele tivesse telefonado a Vívian para saber de seu estado e relacionara o fato à sua aflição.

— Você é frágil e muito impressionável! — dissera ele quando Ana lhe relatara a mensagem do astrólogo.

— O fato é que o nódulo existe. Eu acabei de fazer um ultra-som, professor. Só resta determinar se é câncer ou não.
— Isso não é nada.
— Então por que ligou para Vívian para saber como estou? — interpelara Ana.
— Porque saí de nosso último encontro com a impressão de que você não queria mais falar comigo.
— Não é porque você sabe que estou efetivamente com um problema de saúde, professor?
— Vejamos — dissera ele embaralhando as cartas em movimentos rápidos. — Vejamos — repetira, ao distribuí-las em círculo. Ana desviara os olhos, como era seu costume diante das cenas de terror no cinema ou nas ruas.
— Não há nada que indique que seja maligno — dissera o bruxo, mostrando as cartas. — Como pode ver, são todas muito positivas — assegurara.
— Eu não entendo de cartomancia.
— Nem precisa entender. Olhe você aqui feliz ao lado do homem da sua vida! — informara o bruxo, apontando para duas cartas.
— É só em minha vida que estou interessada, professor.
— É apenas um mau momento e mais nada.
— Gostaria de acreditar — dissera Ana, cética, embora ainda não tivesse nenhuma razão objetiva para duvidar. Todas as previsões do bruxo tinham se realizado, exceto as que diziam respeito a esse hipotético homem que ela não conseguia enxergar.
— Que mais posso dizer para tranqüilizá-la? — perguntara o bruxo, apertando sua mão.
— Eu estou fazendo tudo errado, está dando tudo errado nas últimas quarenta e oito horas — desabafara Ana, pensando em

Raul, Vívian, Pedro, Paula e na fita do astrólogo. — A impressão é que tudo está fora de lugar, que não tenho mais nenhum controle sobre minha vida e que as coisas que tinha como certas não são mais.

— Não há nada certo. Até as linhas de sua mão podem mudar.

— Toda vez que me sinto desta maneira é prenúncio de catástrofe.

— Em vez de ser radar, você devia aprender a ser Terra.

— Isso não se aprende nem se escolhe, professor.

— Você devia ler meus livros com mais atenção — ele observara.

— Seus livros são muito bem escritos, mas não acredito em receituário esotérico e não suporto manuais de auto-ajuda. Na verdade acredito em muito pouca coisa, professor.

— E, no entanto, deu ouvidos a um astrólogo e me procurou!

— Buscando uma previsão, não uma conversão! Eu não vou mudar, ninguém muda!

— Você não tem nada — dissera ele num tom ressabiado. Fora surpreendido pela franqueza dela, que nunca tinha sido tão incisiva, tão indiferente em agradá-lo. Todo o enamoramento de Ana tinha se dissipado.

— Vá para casa e durma tranqüila, porque não há o menor motivo para apreensão.

Ana balançara a cabeça e fitara o bruxo buscando a confirmação do que ele havia acabado de dizer. Por alguns segundos o professor sustentara seu olhar, porém, em seguida, abaixara a cabeça e apagara a vela à sua frente.

— Gostaria de acreditar em você — repetira Ana.

— Você está presente em todas as minhas preces, você é uma filha muito dileta, sempre estará protegida de todo o mal.

— Ninguém está. Nem você, professor — dissera Ana, levantando-se.

— Uma vez eu disse que você era uma romântica cética. Estava errado. Você é uma cética pessimista. Só dá crédito aos maus presságios.

— Eu dei crédito a você e não aconteceu nada.

— Quando acontecer, você vai se lembrar de mim — dissera o bruxo, apertando sua mão. — Sua tola. Tolinha — repetiu, abraçando Ana.

O odor da água-de-colônia remetera-a aos eventos que haviam prenunciado seu desencanto, o malogrado encontro no hotel e o jantar em sua casa, que, embora recentes, pareciam assombrosamente distantes. "Como pude me enamorar desse homem?", perguntara-se ao sair da sala. Como pudera sobrepô-lo a Bruno, com quem tinha uma história, não tecida de quimeras, mas de fatos?

"Como pude me submeter ao mau gosto e à cega crença de que o professor era realmente um ser iluminado?", pensara, enquanto olhava as consulentes na sala de espera. Algumas semanas atrás fazia parte do mesmo contingente ansioso e crédulo, e o fato de ser intelectual não a fazia diferente das demais. De algum modo era uma situação semelhante à que estava vivendo naquele momento: sentada numa sala de espera com outras mulheres, aguardando ansiosamente a sua vez.

— O bruxo insiste em que não tenho nada — disse a Luz.

— Trate de se agarrar a essa possibilidade com todas as forças para agüentar essa provação.

— A provação não é só a mamografia, mas a espera, esta e as que virão depois.

— Quando sai o resultado? — perguntou Luz.

— Ainda hoje.

— Amanhã você estará melhor.

— Amanhã é tão longe...

Então Ana percebeu que não pensava mais no futuro como uma possibilidade entrevista além. O porvir era hoje, o minuto seguinte. Todos os seus planos e projetos estavam em *sursis*.

— Obrigada por estar partilhando comigo este momento — disse Ana.

— Você nâo acha que a Paula devia ser avisada?

— Minha filha está muito ocupada com os problemas dela e não quero preocupá-la antes de saber o resultado.

— Se o Caio sabe que você está aqui, ela fatalmente vai saber.

— Senhora Ana Perez Mello — chamou a recepcionista.

Ana levantou-se e Luz, solidária, lhe apertou a mão.

— Infelizmente é um carcinoma, pequeno, mas vamos ter de operar, dona Ana — informou o belo doutor.

Ela encarou-o, gelada. Defendia-se do horror, isolando sua alma, como no sonho em que contemplava extasiada um pássaro belíssimo; então, subitamente, alguém gritava seu nome e Ana via sua alma desprendendo-se dela e cruzando os céus ao lado do pássaro. "Ana!", a voz repetia. "Já vou", ela respondia com voz apagada. O que ficara atrás da janela não era ela, Ana, mas apenas um corpo vazio e inerte, detido no ato de contemplar.

— Faça o que for necessário. O mais rápido possível — disse Ana.

— A senhora sabe que hoje em dia os avanços nesse campo são consideráveis...

— Eu confio em você — cortou Ana, deixando o mastologista desconcertado. — Quando vou ser operada?

— Não quer nem que eu lhe diga quais são as probabilidades?
— Tudo que disser agora será suposição. Só vai ser possível aliviar o estrago quando operar. Portanto, façamos isso logo.
— Depois de amanhã? — perguntou o médico.
— E por que não amanhã? — propôs Ana.
— Tenho de pedir alguns exames antes da cirurgia.
Ela concordou. De certa forma era conveniente, pois lhe permitiria ordenar a vida prática antes de se internar: seu trabalho na faculdade, a disposição de seus bens, o que caberia a Paula e a Leo, a pensão de Iraci e o que seria legado a cada um dos netos.
— Seu caso não é assim tão grave — tranqüilizou o médico.
— Na verdade, é bem inicial.
Pela primeira vez parecia vê-la como um ser completo, e não apenas como uma grande teta.
— Posso pedir um favor? Não comente nada com o Caio.

No trajeto para a faculdade, o celular tocou. Ana verificou o número que chamava: era Bruno outra vez. Estava tentando falar com ela desde o dia anterior, deixara diversas mensagens; na última, ameaçava ir procurá-la, em casa ou na faculdade: "Você quer, por favor, me dizer o que está acontecendo?".
Ao terceiro toque, ela resolveu atender. Pediria um tempo, alegaria uma crise familiar e emocional, esconder-se-ia atrás do problema de Paula para não lhe contar o que realmente estava se passando.
— Por que não quer falar comigo, porra?
— Eu estou atravessando um momento muito difícil, Bruno.
— Mais uma razão para você querer me ver! Afinal, somos ou não somos amigos, Ana?

— Eu tenho um câncer de seio — disparou Ana bruscamente.
— O quê?!
— Vou ser operada depois de amanhã, Bruno.
— Onde você está?
— Na rua, a caminho da faculdade.
— Eu passo em sua casa no fim do dia.
— Não, Bruno. Eu não quero ver ninguém — disse ela, desligando.

— Quanto tempo você imagina que vai durar a sua recuperação? — quis saber o chefe do Departamento.
— Três semanas. O problema não são as aulas, mas os meus orientandos. Um deles vai defender tese sobre Caio Fernando Abreu na semana que vem.
— Ana, você não acha que está na hora de se aposentar? — ele perguntou.
— Me aposentar por quê?! — Ana reagiu, ofendida.
— Sobraria mais tempo para cuidar de sua obra e de sua saúde e você continuaria recebendo o equivalente ao seu salário. É a única vantagem que temos no serviço público. Por que não aproveita?
— Pela mesma razão pela qual você também não aproveitou, embora seja mais velho do que eu!
— Não precisa reagir dessa maneira. Foi apenas uma sugestão.
— Obrigada, mas eu gosto e preciso do que faço! — justificou Ana, emocionada, querendo dizer que gostava de ter obrigações e utilidade, além de precisar do sentido e da disciplina que o trabalho impunha a seu cotidiano. — Eu gosto muito do que faço! — frisou. — E ainda é cedo para morrer!

— Nem eu quero que você morra, Ana! Só estou tentando facilitar a sua vida!

— E naturalmente pôr no meu lugar alguém de sua estima e consideração! — atalhou Ana, pensando na jovem assistente que ele cortejava e que, muito ladina, resistia a seu assédio. Uma promoção decerto a faria capitular.

Ele franziu a testa e suspirou, paciente.

— Eu vou fazer de conta que não ouvi o que você acabou de dizer em atenção ao seu problema e à nossa amizade.

— Que amizade? Eu comunico que vou fazer uma cirurgia e você vem com uma proposta que equivale a uma sentença de morte?!

— Não sabia que a aposentadoria era uma possibilidade tão aterrorizadora. Sobretudo considerando que você tem outra carreira além da vida acadêmica.

— Que carreira? Quem vive de poesia neste país? Eu não tenho nada. Tenho meu trabalho e não vou abrir mão dele, Heitor! — respondeu Ana, deixando a sala.

Ao passar pela ante-sala, a secretária olhou-a, triste e condescendente.

— Eu vou rezar pela senhora.

Era seu primeiro contato com a piedade. Ana teve vontade de gritar, mas murmurou apenas "Obrigada", caminhando apressada para sua sala. Quando abriu a porta, seu primeiro impulso foi o de virar as estantes e varrer com a mão todos os papéis que atulhavam sua mesa. Mas, ao se deparar com a felicidade dos filhos estampada no porta-retratos, estacou. Paula estava entrando na adolescência e Leo tinha onze anos, mas ainda segurava um balão de gás prateado com a figura de Mickey. Com o tempo ele se tornaria mais retraído e a inocente confiança de Paula daria lugar a uma altivez que às vezes se confundia com arrogância. Eram seus filhos magníficos e imperfeitos a remetê-la para aquela viagem à Disneyworld e a todas as outras que a família fazia anualmente.

As viagens que ela e Pedro faziam sozinhos eram quase sempre tensas e belicosas, pois o estreito convívio fazia aflorar as divergências. Pedro não gostava de museus, exceto os de tecnologia, nem de balé. Preferia musicais, sobretudo os que surpreendiam pela técnica e efeitos pirotécnicos, como *Miss Saigon*. E Ana, que já tinha assistido ao espetáculo em Londres, recusara-se a revê-lo em Nova York.

— Custa você me acompanhar? — insistira Pedro.

— Você quer que eu vá, mesmo sabendo que para mim será um sacrifício? É isso que você quer?

— Sacrifício por quê? — perguntara ele sem entender.

— Tanto faz que esteja me divertindo ou não, o importante é que esteja a seu lado, não é, Pedro?

— E por que não se esforça para se divertir? Por que é tão intransigente? E por que não pode fazer uma concessão se eu faço tantas?

— Eu não forço você a me acompanhar a nenhum lugar!

— Mas eu tenho prazer em estar com você. Desculpe, Ana. Pensei que fosse recíproco — dissera, melindrado.

— E é, quando eu quero acompanhar você.

— Você acha que tem algum sentido a gente estar batendo boca por causa de um musical?

— Nós não estamos discutindo *Miss Saigon*. Estamos discutindo a nossa relação, Pedro.

E as discussões envenenavam fatalmente o convívio e os programas dos dias subseqüentes. Viajavam melhor com os filhos ou com casais de amigos. A relação era infinitamente mais amena quando estavam cercados de gente.

— Dá licença? — perguntou a jovem assistente, abrindo a porta. — O Heitor acabou de me contar. Eu estou arrasada, Ana.

— Arrasada por quê? É um nódulo pequeno, eu vou sobreviver — disse Ana com voz metálica.

— É claro que vai. Eu só passei aqui para hipotecar minha solidariedade — respondeu a assistente, desconcertada.

— A melhor maneira de ser solidária comigo é dar toda a retaguarda àquele meu orientando que vai defender tese na semana que vem.

— Não tenha pressa de voltar ao trabalho.

— Eu tenho — rebateu Ana.

— Eu não quero seu lugar — disse a assistente, agastada com o tom de Ana.

— Ah, quer, sim. Você quer. E é humano que queira, meu bem!

— Às vezes é muito difícil conversar com você, Ana — retrucou a assistente, deixando a sala.

Ana se sentou, respirou fundo e ligou para Luz, para lhe comunicar que afinal seria operada.

— Você já chorou, Ana?

— Não consigo.

— Tente.

— Já tentei, é inútil.

— Eu vou levar você ao hospital.

— Esperava que você fizesse isso.

— Eu queria tanto que o bruxo estivesse certo... — disse Luz, pesarosa.

— O bruxo é uma empulhação — disse Ana, desligando.

Em seguida, abriu a gaveta, olhou para a pilha de papéis onde anotava versos esparsos, frases, poemas ou esboços de poemas —

o lixo sentimental e literário que produzira nos últimos meses — e começou a rasgá-los. Só interrompeu a faxina quando percebeu que Bruno tinha entrado e estava olhando para ela.

— O que está fazendo aqui?
— Eu tinha de falar com você.
— Você está morrendo de pena de mim, não é, Bruno?
— Não é o fim.
— Mas é duro — respondeu Ana.
— Sinto muito — disse Bruno estreitando-a contra o peito.

Ana deixou-se ficar por algum tempo em seus braços, confortada por seu afeto e compaixão. Em seguida, começou a beijá-lo com desespero enquanto suas mãos subiam afoitas pelo dorso de Bruno e desciam ávidas até seu ventre. Ao se assegurar de que ele ainda a desejava, colou-se a seus quadris, o corpo voraz querendo se fundir com o dele, e fizeram amor sobre a mesa, impetuosos e sôfregos como tinham sido antigamente. A sala cheia de livros remetia-a ao apartamento do centro da cidade onde tantas vezes se amaram entre matérias banidas e compêndios superados de geografia. Na vitrola, a memória dos amores clandestinos do velho livreiro que se tornaria a deles de certa maneira.

— Não tenho mais idade para essas coisas — disse Bruno, ofegante. — Mas foi muito bom — reforçou ele, abraçando-a. — Há quanto tempo a gente não transava assim?...

"Provavelmente não voltaremos a transar assim nunca mais", ela pensou. Tinha se despedido de seu ardor e de seu corpo pleno, e não copulara apenas com Bruno, mas com todos os homens: os que haviam passado por sua vida e os que jamais passariam, inclusive aquele anunciado pelos vaticínios do professor. Uma semana atrás a palavra era "plenitude". Agora era "vida". "A vida apenas. Sem mistificações."

Quando Ana entrou em casa, Iraci já estava pronta para ir embora, mas resolveu ficar depois que a patroa lhe disse que iria fazer uma operação.
— Vai fazer uma plástica? — quis saber, animada.
— Seria bom que fosse.
Mas, antes que pudesse esclarecer a natureza da cirurgia, o interfone tocou.
— Não estou para ninguém — disse Ana.
— E se for a Paula? — perguntou a empregada, indo atender.
— Não quero ver ninguém.
Tudo que Ana queria era um banho de imersão, enfiar-se na cama e abandonar-se à autopiedade.
— É seu Pedro! — informou Iraci, entrando na sala.
— Eu não estou!
— O porteiro já mandou ele subir, dona Ana!
— Merda!
Ato contínuo, a campainha soou e Ana repetiu:
— Merda!
— Não adianta fingir que não tem ninguém em casa porque o porteiro falou que a senhora está aí.
Então, Ana se lembrou de que não tinha mudado as fechaduras do apartamento. Nada impediria Pedro de abrir a porta, exceto sua boa educação.
— Desculpe se apareci sem avisar. Mas como você não anda com muita disposição de me ver...
Ana disfarçou a contrariedade e pediu para Iraci fazer um café.

— Saudade da vista daqui — disse ele, aproximando-se da janela. — Do meu *flat* eu só vejo outros prédios, e a gente precisa de horizonte — acrescentou, com uma nota de pesar.

Para Ana era um queixume descabido. Pedro trabalhava no mercado financeiro, fizera investimentos bem-sucedidos, tinha recursos de sobra para comprar um imóvel de onde se descortinasse uma magnífica vista. Porém, era parte de sua estratégia se colocar no papel daquele que tinha sido lesado; ao dizer que estava privado de horizonte, Pedro aludia não apenas à perda daquele apartamento, mas a tudo que perdera na separação.

— Você trocou os móveis. Gostava mais dos antigos — observou.

— Você não veio aqui para falar de arquitetura e decoração, não é, Pedro?

— Não... Vim tratar de vários assuntos. O mais urgente é nossa filha.

"O mais urgente ou o pretexto que trouxe você aqui?", Ana teve vontade de perguntar, mas disse simplesmente, procurando disfarçar sua irritação:

— Nossa filha vai resolver os problemas dela sozinha.

— Estava pensando em ter uma conversa com esse homem.

— Que homem? — perguntou Ana, sabendo que Pedro estava se referindo a Raul. E provavelmente não o nomeara para que ela formulasse a pergunta que lhe permitiria responder: "Aquele cara com quem você andou saindo". — Não sei se a nossa intromissão seria eficiente. A minha só serviu para piorar as coisas.

— Não me espanta que a sua interferência não tenha dado resultado. Mas eu sou isento.

— Isento do quê, Pedro?

— O fato de você ter tido um relacionamento com esse homem...
— Não quero que você interprete isso como crítica, afinal você tem o direito de sair com quem quiser agora que estamos separados — esclareceu num misto de ironia e indulgência.

"Oh, meu Deus", pensou Ana. "Como é barroco. Sob intermináveis volutas ele vai destilando o subtexto, inclemente."

— Você quer tomar alguma coisa? Um porto, um uísque? — perguntou Ana, procurando se controlar.

— Não quero nada — disse ele, seco. — Ainda sobre nossa filha... Você sempre insistiu em que a gente fizesse terapia de família. Acho que está na hora de fazer.

Ana sacudiu a cabeça, perplexa.

— Você está sugerindo que a gente faça uma terapia de família agora que estamos separados?

— Estava pensando em você e na Paula. Afinal, o problema dela é com você. Ela compete, imita, desde menina quer se equiparar a você.

— E naturalmente todos os problemas da Paula decorrem disso.

— Sem dúvida o cerne do problema de nossa filha é você.

— Você superestima meu poder letal, Pedro.

— Não disse que era letal. Disse que era importante. E é — acrescentou ele.

— A sua influência também.

— Escute, eu sei que não deve estar sendo fácil para você...

— Sabe mesmo? — ela cortou, sardônica. Quando Pedro entrou, Ana prometera a si mesma que seria parcimoniosa nas emoções, econômica nas palavras e saberia distinguir a preocupação real da agressão velada. Mas percebia, consternada, que ele ainda tinha o poder de exasperá-la. E mais do que isso: seria impossível ela se controlar.

— O que impede você de comprar um apartamento com vista aqui ou em qualquer lugar do mundo?
— O que é que tem a ver tudo isso com o assunto em pauta? — reagiu Pedro.
— Você não veio aqui por causa do problema de sua filha. Veio para me cobrar, não é, Pedro? — perguntou Ana num rompante.
— Não sei o que a leva a pensar assim.
— Vinte e cinco anos de casamento. E agora que tal deixar de lado as formalidades e ir direto ao assunto?
— Do que está se defendendo para me agredir dessa maneira? "Por que me vê sempre como alguém que tomou o que lhe pertencia? Por que tem sempre de se fazer de vítima?", Ana teve o impulso de dizer. Mas respirou fundo e se conteve. "Não vou jogar o jogo dele", pensou, sabendo que inevitavelmente o jogaria.
— Voltando a Paula — continuou Pedro. — É natural que ela se espelhe em você. Aliás, não se podia esperar que ela se comportasse de maneira diferente.
— Você tem muita raiva de mim, não tem, Pedro?
— Isso é irrelevante neste momento — respondeu ele, ajustando o nó da gravata, um tique que caracterizava seu desconforto.
— Por que não é franco?! Você não é personagem de comédia inglesa! — explodiu Ana.
— Eu não tenho raiva — disse ele, tenso. — Você tentou. Mas com o seu histórico seria pedir demais que fosse equilibrada.
— Você tem idéia do ódio que destila sob essa avassaladora compreensão?
— Eu não sei por que você insiste em me atribuir sentimentos que desconheço.
— Nem tudo que existe você conhece, ou enxerga, ou consegue ver claramente. Começando pelas razões que o trouxeram aqui.

— Eu fiz a minha parte. Desculpe se falhei, Ana.
— Não escamoteie seu rancor com esse discurso de bom menino. Nosso casamento, como nossa separação, foi feito por nós dois.
— Eu não fui um bom pai e um bom marido para você? — ele retrucou, mortificado.
— Irretocável — disse Ana, irônica. — Você reunia todas as virtudes e eu, todos os defeitos.
— Posso não ter sido perfeito, mas fui fiel a você — ele respondeu, magoado.
— Você nunca vai entender por que eu quis me separar, não é, Pedro?
— Não.
Ana olhou para Pedro e viu um completo estranho. "Como é possível ter vivido tantos anos com um homem, partilhar gestações, partos, doenças, crises profissionais, perdas familiares, natais, aniversários, formaturas, casamento dos filhos, amigos, festas, risos e lágrimas; como é possível ter dividido os momentos mais importantes da minha vida com esse homem e vê-lo agora como se ele jamais tivesse feito parte da minha história?"
— Enquanto você estiver magoado comigo, vai ser difícil refazer a sua vida.
— O que você quer? Que eu passe uma borracha nas sacanagens que você fez comigo?
— Nós nos sacaneamos reciprocamente de maneiras diferentes. Não empobreça nossa história ressaltando apenas as mazelas de nossa relação.
— Como é que você pretende que a Paula não traia o marido se você mesma me traiu?
— Isso que você chama de traição foi a parte mais irrelevante do nosso casamento.

— Ao menos você podia ter tido a decência de me contar.
— Eu tive outras decências.
— Eu não precisava ter sabido por outras pessoas.
— Em que minha infidelidade afetou nossa vida conjugal? Que importância tem isso diante do resto? Por que se obstina nesse tema e nega as outras razões pelas quais você ficou casado comigo?
— Você não foi leal comigo.
— Muitas vezes eu tentei dizer o que estava acontecendo, mas você nunca quis me ouvir, Pedro! — explodiu Ana.
— Você está dizendo que eu era conivente? — ele retrucou, exaltado.
— Estou dizendo que cada um de nós usou de todos os recursos para manter o casamento.
"Por que imagina que ele durou tanto tempo?", teve vontade de dizer, mas não se permitiria essa crueldade, nem agora que se sentia acossada pelo ressentimento de Pedro.
— Seja generoso comigo e com você, Pedro. Foram vinte e cinco anos bem vividos, apesar de nossas diferenças.
— Quando a Vívian me contou, minha vontade foi vir aqui e encher você de porrada...
— Talvez uma cena de pugilato nos fizesse bem — disse Ana, sabendo que Pedro jamais perderia a compostura. Ele nunca erguera a voz ou levantara a mão, mesmo em situações em que ela preferia que ele o tivesse feito.
— Puta, você é uma puta. E está fazendo de nossa filha outra puta, Ana!
— Você é melhor que isso, Pedro — murmurou Ana tristemente. Embora previsível, era melancólico que Pedro se entrincheirasse atrás de suas convicções. Se ele compreendesse seus

motivos, automaticamente estaria admitindo suas falhas, e ele jamais faria isso. Não por má-fé, mas por absoluta cegueira.

— Cafezinho! — anunciou Iraci, entrando com a bandeja.

— Não, obrigado — recusou ele, tenso. — Eu já estou saindo.

— O senhor não vai me fazer uma desfeita dessas! — disse ela estendendo-lhe uma xícara de café.

— Em atenção a você... — aceitou ele, contrafeito.

Quando terminasse o café, ele iria embora com a mesma disposição ressentida e tudo voltaria à estaca zero. A discussão, em vez de dissipar os mal-entendidos, os agravara. Certamente era verdadeira a preocupação dele com a filha, mas para Ana o único propósito da visita de Pedro tinha sido o de apontar a sua traição. "Puta, você é uma puta, Ana", dissera ele, cuspindo as palavras num misto de rancor e desprezo. Mas pior do que ter sido chamada de puta era sentir que Pedro ainda a afetava; a seu lado ela continuava incorporando a personagem que assumira ao longo do casamento.

— Ele ainda gosta da senhora — disse Iraci, quando Pedro saiu.

— Não. Ele me odeia.

— Que operação é essa que a senhora vai fazer?

— Vão me tirar um carocinho do seio. Pequeno, mas ruim.

— A senhora contou para ele? — perguntou Iraci, referindo-se a Pedro.

— Não era o caso.

10

— ESSA FOI A PIOR TRAIÇÃO que você fez com o Pedro. Por que não lhe contou que está com um problema? — perguntou Ivan.
— Para quê? Para mobilizar a sua piedade?
— A soberba é pecado capital, Ana.
— É possível, mas, afinal, o câncer me confere algumas prerrogativas.
— Eu quero que você saiba que lamento profundamente essa história.
— Eu sei — disse Ana, apertando-o fortemente. Naquele momento não importava que Ivan a desancasse ou ignorasse. Entrara sobraçando um vaso de azaléias e uma garrafa de champanhe.
— O que vamos celebrar? — perguntou Ana.
— As flores são para alegrar a sua casa. O champanhe fica esperando na geladeira até que tenhamos uma boa razão para comemorar.
— O quê, por exemplo?
— Sua cura.

— Não sabia que você acreditava em pensamento positivo — disse Ana.

— Acredito que a boa disposição ajude a manter o nível imunológico. Há estudos a respeito. Depressão dá câncer.

— A culpa também. Quando Pedro saiu, me ocorreu que eu posso ter feito esse câncer para me punir.

— O que causou esse câncer foi você ter ficado tantos anos casada com ele.

— Foi Iraci quem avisou você de que eu estava mal, não foi?

— Sonhei com você esta noite e no sonho você me mostrava uma boneca crucificada. É claro que do ponto de vista analítico isso tem vários significados e desdobramentos, mas...

— Não foi sonho, foi presságio, Ivan — interveio Ana.

— O que quer que tenha sido, traduz minha preocupação com você.

— Quer tomar alguma coisa? — ela perguntou com os olhos marejados.

— O que você tomar.

— Amanhã tenho de fazer uma série de exames. Não posso beber.

— Então, em solidariedade a você, não bebo nada.

— Um chá? — ela propôs.

— Pode ser — disse ele, resignado.

Ana avaliava o sacrifício. Ivan gostava de beber, sobretudo um bom vinho e, na falta dele, uísque de oito anos, "uísque de bêbado", como costumava dizer, embora ela jamais o tivesse visto alcoolizado.

— Como é que você está? De verdade, Ana.

— Tento não pensar. Apenas agir, me ocupar, vencer etapas, como numa gincana.

— Não tenha medo de bater no fundo.

— Isso fatalmente vai acontecer depois da operação.
— Conte comigo para o que der e vier, garota — disse ele, apertando-lhe a mão.

Ana percebia o embaraço e o esforço que representava para ele manifestar sua ternura e, para deixá-lo à vontade, mudou de assunto:

— Ivan, você tem razão. Eu sou medíocre.
— Do que você está falando?
— Da minha poesia.
— Eu nunca disse que você era medíocre, disse que parte de sua obra era fácil e melosa. Parte de sua obra, Ana — frisou Ivan.
— Você me poupa porque estou com câncer?
— Não, garota. Não sou mineiro nem tenho o hábito de poupar defuntos e enfermos.
— Tem certeza de que eu não sou uma completa nulidade?
— Você não é uma completa nulidade, apesar de ter-se esforçado energicamente nessa direção.

Ana se lembrou da ferocidade de Ivan quando ela lhe pediu que publicasse uma nota sobre seu livro, *Sentimental eu sou,* que era uma versão menos acadêmica de sua tese de pós-graduação. Irritava-o sobretudo o capítulo sobre o romantismo de Roberto Carlos.

— Como é que você ousa elevar o popularesco à categoria de literatura, como se atreve a chamar de poesia esse lixo?
— Você não acha que é lixo quando escuta Roberto Carlos num quarto de motel! — argumentara Ana.
— É um lixo, uma droga, uma grande merda! E você, uma leviana em defender esse tipo de bobagem!
— Não é uma bobagem, Ivan!
— É indesculpável mesmo como provocação! Como é que alguém que escreveu um tratado sobre Florbela Espanca pode

chamar isso de poesia? E por que insiste em publicar essa merda? O que você quer? Malbaratar sua carreira e seu prestígio com uma tolice dessas?

— O meu prestígio advém exatamente do resgate das formas popularescas!

— Eu não vou dar porra nenhuma de nota sobre o seu livro — dissera ele, devolvendo-o a Ana.

Ela virara as costas e saíra da redação ultrajada com a desconsideração de Ivan. Nos dias subseqüentes, perguntara-se por que continuava sua amiga se a amizade dele jamais a favorecera ou poupara de sua truculenta sinceridade. Ferida, durante algumas semanas recusara-se a atender seus telefonemas.

— Vamos lá, eu sei que você está aí. Atende, Ana. Vai romper comigo só porque eu disse a verdade?

O teor das numerosas mensagens que Ivan deixava na secretária eletrônica levara Pedro a desconfiar que ela e Ivan tivessem um caso.

— O que esse cara quer com você?

— Não quer nada, ele é casado, é só um amigo!

— Com um amigo assim, quem precisa de inimigos? — resmungava Pedro, repetindo o mesmo refrão de seus colegas da faculdade.

— Por que razão, apesar dos seus achincalhes, nós continuamos amigos? — perguntou Ana.

— Você precisa de alguém que dê nome aos bois.

— Luz cumpre lindamente essa função.

— Mas não quer levar você pra cama.

Ana apertou a mão de Ivan e sorriu, triste.

— Estou falando sério, garota — enfatizou ele, abraçando-a.

— Não está, não, mas não faz mal — disse, beijando-o para expressar sua gratidão. — Obrigada pelo apoio, pelo champanhe e pelas flores.

— E você não acreditava que eu fosse capaz de gestos delicados.

— Não disse delicados. Disse românticos.

— Dá no mesmo — respondeu Ivan.

Ana sorriu. Era reconfortante ser cortejada por um homem que admirava no momento em que se sentia velha, doente e infeliz.

Ana já estava na cama quando Caio ligou perguntando se era muito tarde para eles conversarem. Imaginando que fosse sobre Paula, ela concordou imediatamente, mas o assunto que o levara a sua casa dizia respeito ao seu problema de saúde.

— Por que ia esconder de nós uma coisa tão grave?

— Então o seu amigo acabou dando com a língua nos dentes — disse Ana, referindo-se ao belo doutor.

— Ele falou que aparentemente seu nódulo é dos mais inofensivos.

— Isso vai me poupar da mutilação?

— Quadrantectomia não é mutilação. E já providenciei um cirurgião plástico para reconstituir sua mama.

— Ele também reconstitui a alma? — Ana perguntou, amarga.

— Podia ser pior — respondeu Caio.

— Podia não ter acontecido.

— Eu vou estar lá junto de você, acompanhando a cirurgia, Ana.

Ana assentiu com lágrimas nos olhos, descobrindo que gostava mais de Caio do que imaginara.

— Seu amigo perguntou se você tinha comprado o veleiro e eu nem sabia que você velejava. Não é um absurdo? — disse Ana, lamentando conhecê-lo tão mal.

Caio era apenas o marido de Paula; antes disso tinha sido o namorado de Paula, um rapaz de óculos que jogava tênis e gostava de assistir a filmes violentos na televisão. Provavelmente nunca lera um poema seu, ou de qualquer outro autor, nada além do jornal e dos livros de medicina. A visão que Ana tinha sobre Caio era rasa, mas o fato de ele querer um veleiro o tornara subitamente interessante e, agora, a solicitude dele selava a amizade.

— Um veleiro diz muito do homem que o possui — disse ela, pensando na solidão, no silêncio, no desafio, na intimidade com o mar e o vento.

— Velejava com meu pai. Antes de ele falecer. Eu perdi meu pai muito cedo — acrescentou.

— Eu sei o que é isso.

— Vela requer atenção e disciplina. Seria bom que as crianças aprendessem a velejar.

— Seria ainda melhor que sua mulher estivesse a seu lado.

— Existe outro cara, não é, Ana?

— Existe a saturação natural do casamento. Nenhum está imune, Caio.

— Leonardo já sabe que você vai ser operada?

— Ele deve estar às voltas com a mudança e...

— E daí? — cortou Caio. — Por que poupa tanto seus filhos? Por que não lhes diz o que se passa?

— Por que os afligir agora?

— Porque a obrigação deles é cuidar de você!

— Está bem — concordou Ana. — Eu vou contar para a Paula.

— Faça isso agora — disse Caio, colocando o telefone nas mãos dela. — Quem sabe o seu problema a faça pisar no chão?
"Ele está certo", pensou Ana. Se sua doença não servisse para mais nada, poderia ser ao menos uma circunstância alheia à crise deles, forte o suficiente para aproximá-los. Os acontecimentos exteriores tinham sido uma das razões da longa duração de seu casamento: as vicissitudes dos outros faziam com que eles esquecessem as suas. Como na época em que a mãe de Ana estava para morrer e Pedro insistira em levá-la para casa apesar do transtorno que representava na rotina doméstica o vaivém das enfermeiras e uma doente terminal. Sua agonia mobilizara o casal; quanto mais tempo durasse, maior seria a sobrevida de seu casamento.

— Filha, estou com um pequeno carcinoma no seio — começou Ana.

— O quê??? — gritou Paula do outro lado.

— A cirurgia já está marcada.

— Quando você descobriu que tinha câncer?

— Quem levantou a suspeita foi o astrólogo do Rio.

— E só agora resolveu me contar? — vociferou Paula.

— Está tudo bem. Seu marido está aqui e...

— Como está tudo bem? Se você tem um câncer, não está nada bem!

— Explique para a sua mulher que eu ainda não estou com os dias contados — disse Ana, passando o telefone para o genro.

— Está tudo sob controle, Paula!

"Menos ela", pensou Ana. Caio tranqüilizava sua filha, mas não era só por sua causa que ela chorava. "Eu sou apenas o pretexto", ponderou Ana. De qualquer maneira, a reação emocionada da filha de algum modo as reaproximara.

Quando Ana acordou da anestesia, Paula e Caio estavam a seu lado. — Foi tudo bem. Nenhum gânglio comprometido — informou o genro.

Ana levou a mão ao peito para se assegurar de que o seio não tinha sido de todo mutilado.

— Só tiraram um pouquinho, mamãe. Está doendo?

— Não, nada.

— Eu tenho de ir, Ana, mas passo aqui depois que sair do consultório — disse Caio. — Você teve muita sorte — acrescentou, beijando-a na testa.

Paula e Caio mal tinham se olhado, a proximidade entre eles ainda gerava tensão, mas o casal havia estabelecido uma trégua. Ana olhou para a filha de pé a seu lado e percebeu que ela franzia o cenho e apertava os lábios da mesma maneira que ela quando era submetida a forte tensão.

— Ele tem razão, mamãe. Você teve muita sorte.

— Tive — disse Ana. Estava com a boca amarga e a cabeça pesada. Quando estivesse melhor diria à filha: "Gostaria que o Caio fosse meu amigo qualquer que seja o futuro da relação de vocês". — E Leonardo? — perguntou.

— Foi tomar um lanche com a Cláudia. A Luz estava aqui até agora há pouco, mas um paciente surtou e ela teve de sair correndo. A Vívian ligou para saber se pode fazer uma visita.

— Não.

— Papai e Ivan ligaram para saber de você. E também ligou um homem que não quis se identificar.

"É Bruno", pensou Ana.

— Você vai superar isso tudo — animou-a Paula, afagando seus cabelos.

— E você também — disse Ana.

— Quer alguma coisa?

— Queria dormir e acordar daqui a seis meses.

— O seio foi reconstituído, mamãe. E muito bem reconstituído, segundo o Caio.

Ana aquiesceu. Nunca vira a filha tão triste e soturna. Paula perdera o viço, o brilho, a petulância.

— Você está bem? — perguntou Ana.

— Entre mim e o Raul está tudo acabado. Pode respirar aliviada — respondeu Paula aos prantos.

— E você que deve respirar aliviada, meu bem.

— Estou sofrendo muito.

— Eu sei, meu bem, eu sei...

"Daqui a alguns meses ela vai se perguntar como se apaixonou por ele. E o verá como é. Uma ruína. E todos os recursos que usou para seduzi-la soarão reles ou patéticos", pensou Ana.

— O que aconteceu? — perguntou Leonardo, entrando com a mulher.

— Nada — disse Paula, irritada.

— Então por que está chorando?

— Não aconteceu nada! — gritou Paula, correndo para o banheiro.

— O que é que deu nela? — indagou Cláudia.

— Está preocupada comigo — respondeu Ana.

— Você está bem? — quis saber Leo, aproximando-se da cama.

— Não. Mas estou sem dor — disse Ana, apertando a mão da nora. — E vocês?
— Cláudia está grávida — explicou Leo.
— Você estava querendo um filho, Cláudia?
— Não.
— Se não quisesse, tinha procurado evitar — provocou Leo.
— E você, por que não evitou? — perguntou Ana.
— Porque eu queria um filho, mamãe.
— Talvez você acabe se acostumando com a idéia — disse Ana.
— Não, não vou — resmungou Cláudia.
— Está furiosa, mas no fundo sabe que para nós é uma coisa muito boa.
— Para você, não para mim! — retrucou Cláudia. — Mas se você acha que um filho vai me prender naquele fim de mundo está muito enganado.
— Não é hora nem lugar para a gente discutir — afirmou Leo.
— Desculpe — respondeu Cláudia, saindo do quarto.
— Você deve estar farta dos nossos problemas, não é, mamãe? — perguntou Leo, beijando-lhe a mão.
Tudo o que ela queria naquele momento era que os filhos não a atormentassem. Estava cansada de assumir os problemas deles como se fossem seus; estava cansada de viver a vida deles e do seu papel de mediadora e conselheira.
— Vá cuidar da sua mulher — disse Ana.
— Você vai ficar sozinha?
— Pode ir, eu vou ficar bem.
Ao comentar com Luz sua saturação, horas mais tarde, usou uma frase de Bruno:
— Por que eles não crescem e desaparecem?
— Você não iria gostar se eles desaparecessem.

— Não. Mas hoje tive vontade de berrar: "Deixem-me só!".
— Por que não fez isso?
— Medo de que me levassem a sério — respondeu Ana.
— Bruno ligou para mim, querendo saber como foi tudo. Está muito preocupado — disse Luz.
— O que você acha que vai acontecer entre nós depois dessa cirurgia?
— Duvido que vá modificar a relação de vocês, a menos que você queira.
— Bruno não vai suportar.
— O que ele não vai suportar?
— Toda a situação. Meu peito. Ele vai recuar horrorizado diante do aleijão!
— Que aleijão?
Ana levantou o lençol e exibiu o peito.
— Não estou vendo nenhum aleijão.
— É evidente que um ficou menor que o outro!
— A diferença não se nota. Por que está antecipando a reação de Bruno? Talvez ele surpreenda você.
— Não vou submetê-lo a nenhuma prova. Vou poupá-lo e me poupar. Prefiro guardar uma memória amável da nossa relação — disse Ana, pensando na última vez em que tinham feito amor.
— Talvez você mude de idéia quando passar a depressão.
— Não estou deprimida, estou magoada.
— Já se perguntou: "Por que isso aconteceu comigo?".
— Não sou tão auto-indulgente.
— Devia se permitir ser — retrucou Luz.
— Eu sei que um dia vou olhar para os meus seios no espelho e chorar copiosamente. Mas não neste momento.
— Não banque a forte.

— Eu nunca fui forte, só me fiz de forte para manter à distância eventuais predadores.

— E adiantou? Conhece aquele poema de Pessoa? "Quando quis tirar a máscara, estava pregada à cara. Quando a tirei e me vi ao espelho, já tinha envelhecido" — disse Luz.

— Eu ainda não a tirei e são poucas as pessoas que enxergam além dessa máscara. O bruxo enxergou.

— Qualquer pessoa sensível enxerga, Ana.

— Será que ele já sabe que errou a previsão?

— Vívian deve ter-se encarregado de informá-lo.

— Ela está querendo me visitar. Você acredita?

— Nada vindo de Vívian é de estranhar. E Pedro, já passou aqui?

— Não, nem quero que ele venha.

— Você não acha que devia aproveitar esta circunstância para fazer definitivamente essa separação? — perguntou Luz. — Que mais precisa acontecer para você se conceder indulgência plenária? Você não deve nada a seu ex-marido.

— Ele acha que sim e no fundo eu também. Estou falando daquela região habitada pela menina abandonada pelo pai. Como posso ter sido tão ingrata com o homem que me deu uma família? Como posso ter virado as costas àquilo que mais quis?

— Muitos homens poderiam ter dado a você uma família. Poucas mulheres teriam dado a Pedro o que você deu. Paixão, inquietação, poesia: uma dimensão do mundo que ele ignorava.

— Ele também me deu a dimensão de um mundo que eu ignorava — disse Ana, lembrando-se das festas da família de Pedro: a sogra vindo da cozinha com uma travessa fumegante, a mesa enorme, os mais velhos à cabeceira, as crianças correndo pela casa, as cunhadas falando de partos, os cunhados discutindo futebol. Dos três irmãos, só Pedro se casara com uma mulher alheia ao universo de seus pais. A família se referia a ela como "extravagante", na falta de uma palavra mais exata para definir uma moça que escrevia poemas. "Isso não enche barriga", dizia o sogro em seu pragmatismo de comerciante. "Isso passa", dizia a sogra, como se se tratasse de uma doença. Às vezes, na casa dos sogros, Ana se desligava das conversas e ficava olhando para eles como para um comercial de molho de tomate. Desde criança era fascinada pelos comerciais de tevê e pelos filmes que mostravam uma família numerosa em torno de uma mesa. Embora nunca tivesse sido inteiramente aceita pela família de Pedro, Ana se sentia confortada pela sua proximidade. — Pedro foi muito corajoso em se casar comigo.

— Ele foi muito esperto, isso sim.

— Você é uma grande amiga — disse Ana, grata.

— Então não me desaponte — pediu Luz, cobrindo Ana.

Vívian apareceu na manhã do segundo dia, logo depois do banho, quando apenas Ana e Iraci estavam no quarto. Entrou sem pedir licença e com um livro de auto-ajuda: *O câncer e a mente*.

— Espero que cure você — disse, colocando o livro nas mãos de Ana.

Ana olhou entediada para Vívian e pôs o livro de lado.

— O professor ligou. Queria saber como você estava enfrentando essa provação e eu não soube responder — informou Vívian, sentando-se em frente a Ana.

— Foi esse homem que falou que a senhora não tinha nada? — perguntou Iraci.

— Hum-hum... — respondeu Ana.

— Para levantar seu astral — retrucou Vívian. — Ele não queria que você entrasse derrotada na sala de cirurgia.

— Conversa. Esse cara é um vigarista! — afirmou Iraci.

— Ele não é vigarista — protestou Vívian. — É um homem iluminado.

— Você ainda acredita nisso, Vi?

— Ele disse que não valia a pena eu me indispor com uma amiga por causa de um homem, e foi exatamente o que aconteceu.

— Qualquer pessoa de bom senso diria a mesma coisa a você, Vi.

— Quando a gente está apaixonada, perde a razão.

— Mas não precisa perder o caráter — retrucou Ana.

— Eu entendo que você esteja sentida comigo... A pior besteira que uma mulher pode fazer é sacrificar uma amizade por causa de um homem — disse Vívian, consternada. — O problema dos homens é que eles se recusam a crescer — acrescentou depois de uma pausa.

— Vívian, me poupe...

— Os homens não são de confiança. Nenhum e — prosseguiu Vívian. — Ainda mais na idade do lobo, como Pedro. No fim ele quer o que todos querem: uma ninfetinha.

— Pois, se eu fosse seu Pedro, também ia querer uma menina nova em vez de uma coroa como a senhora — disse Iraci.

— A conversa não é com você — Vívian irritou-se.

— Você veio aqui para falar mal de Pedro e destratar minha empregada? — interpelou Ana.

— Foi ela quem começou.

— Sabe quem se recusa a crescer? Você.

— Desculpe — resmungou Vívian. — Quanto a Pedro, não precisa defendê-lo porque ele não defende você.

— Não quero mais ouvir uma palavra sobre Pedro.

— Eu sei que você está com raiva de mim, mas espero que leve em conta o bem que fiz a você e as boas horas que passamos juntas.

— É levando em conta isso que ainda não mandei você embora deste quarto — disse Ana, lembrando-se da mãe de Vívian dizendo-lhe: "Espero que você nunca se esqueça do carinho que a gente tem por você, porque não há coisa mais feia no mundo do que a ingratidão".

Era próprio de Vívian, como era próprio da mãe dela, recordar a Ana quanto havia sido magnânima e quanto ela devia ser grata por essa infinita generosidade. Começando pelo fato de que tinha sido pela mão de Vi que havia conhecido o mar. "A coitadinha só foi saber o que era praia quando a gente a levou para o Guarujá", dizia dona Baby sempre que tinha oportunidade; inclusive para a mãe de Pedro, no casamento de Ana. "Mas a Vivi e ela são como se fossem irmãs", acrescentava com a deferência devida a uma parente pobre. "Você devia beijar os pés dessa gente", dizia-lhe sua mãe toda vez que Ana era convidada. "Veja se não me envergonha, porque eu não quero perder a cliente", advertia a avó. O enxoval de férias de Vívian e dona Baby era feito por Madame Encarnación.

— Eu não queria que nós deixássemos de ser amigas por causa de um homem — disse Vívian, pegando sua bolsa. — Desculpe ter-me envolvido com seu ex-marido numa hora tão difícil para você.

Ana fez um gesto displicente.

— Esse câncer aconteceu para você renascer — acrescentou Vívian, abaixando-se para beijá-la.

Ana ia se esquivar, mas ao fitar Vívian percebeu que ela estava com lágrimas nos olhos e lhe ofereceu a face.

— Fique com Deus.

— Estou com Deus — disse Ana.
— Ainda bem que você não perdeu a fé.
"Não. Ela permaneceu incólume, apesar de tudo", pensou Ana. Na véspera de ser internada tinha pedido a Santa Teresinha que velasse por sua saúde. O que restava de suas crenças eram as referências religiosas da infância: a imagem do Sagrado Coração de Jesus, que parecia acolher todas as suas dores, e a de Santa Teresinha, linda e jovem, sorrindo para ela.
— Será que é mesmo verdade essa história de que seu Pedro está namorando uma menina? — perguntou Iraci, quando Vívian partiu.
— É possível — respondeu Ana.
— Se ele estivesse enrabichado por uma moça, não estaria ligando duas vezes por dia para saber da senhora.
Ana acionou o controle remoto e cravou os olhos na televisão. Desde o dia anterior acompanhava interessada algumas telenovelas.
— É verdade que ele ainda não veio visitar a senhora — ponderou Iraci.
— Nem virá — disse Ana.

Contrariando suas previsões, no início da noite, Paula e Leonardo apareceram com Pedro.
— Você está com uma aparência ótima — disse Pedro ao vê-la sentada.
— Vou sobreviver.
— Você devia ter-me contado sobre seu problema naquele dia em que estive em sua casa.
— Não houve oportunidade — desconversou Ana.

— Por que escondeu de mim uma coisa dessas? Câncer de mama é uma coisa grave, afeta a todos nós.
— Todos nós quem? — perguntou Ana.
— Sua filha está morrendo de medo de ter a mesma sorte.
— Isso é verdade, Paula? — quis saber Ana.
— Eu só disse que iria fazer uma mamografia, papai.
— E deve fazer todos os anos. Ou de seis em seis meses. Pergunte a seu marido — continuou Pedro. —Afinal, ele é do ramo.
— Eu acho esta discussão ociosa e inoportuna — disse Paula, impaciente.
— É ocioso manifestar meu pesar por ter sido colocado à margem do problema de saúde de sua mãe?
— Eu não estou entendendo a razão dessa cobrança. Se a mamãe não quis dizer a você que ia ser operada, era um direito dela — argumentou Leonardo.
— Pode ser um direito, mas é uma falta de consideração — resmungou Pedro, agastado.
Ana estava atônita. "Será que ele acredita que veio aqui movido pela mágoa de ter sido alijado de meu grave problema?"
— Falta de consideração é você estar discutindo com mamãe num momento destes! — soltou Paula, áspera.
— Estou sendo ofensivo, por acaso?
— Não está sendo ofensivo, mas está irritando a mamãe, saco! — retrucou Paula.
— Deixem-me sozinha com seu pai — pediu Ana.
Paula e Leonardo entreolharam-se, hesitantes.
— Por favor — reforçou Ana.
— Não ouviram o que sua mãe falou? — disse Pedro.
— Se eu soubesse que você ia bater boca com mamãe, não teria trazido você aqui! — proferiu Paula, saindo do quarto.

— Eu não vim aqui para bater boca com você — esclareceu Pedro.
— Certamente que não — respondeu Ana, fatigada.
— A gente está aí fora, mamãe — disse Leonardo na porta.
— "A gente está aí fora." O que será que Leonardo quis dizer com isso? Será que ele acha que eu vou bater em você?
— Eu não estou entendendo a sua indignação, Pedro.
— Não é indignação, é mágoa.
— Nós estamos separados, Pedro.
— E o que tem uma coisa com outra? Você acha que fiquei feliz quando a Paula me falou do seu câncer?
— Por que está dizendo isso?
— Para você não imaginar que...
— Quem imaginou não fui eu, foi você — cortou Ana.
Pedro desviou os olhos e caminhou para a janela.
— É impressionante como você desfigura tudo o que digo, Ana — disse ele, melindrado.
— Por que veio aqui?
— Não queria que eu viesse?
— Estou perguntando qual foi a verdadeira razão que o trouxe, pois certamente não foi seu interesse pela minha saúde nem sua indignação por não ter sido notificado da cirurgia.
— Eu não mereço ser tratado assim. Não mereço — disse Pedro, ofendido.
— Nem eu — retrucou Ana, encarando-o.
— É assim que você paga os anos de afeto e dedicação?
— Não devo nada a você, Pedro.
— Então é assim. Vinte e cinco anos de repente reduzidos a nada — disse ele, magoado.

— O resultado dos vinte e cinco está aí fora. São nossos filhos. Quanto ao resto, fomos o que pudemos ser e fizemos o que foi possível fazer. E agora, por favor... Estou muito cansada e queria me deitar.

— Você está me mandando embora? — reagiu, ultrajado.

— Estou — confirmou Ana, muito calma.

"Estou", pensou quando Pedro saiu. "Finalmente estou mandando você embora", repetiu para si mesma, ainda assombrada com seu feito.

11

ANA TEVE ALTA QUATRO DIAS APÓS A CIRURGIA, num domingo quente e ensolarado. Enquanto a filha a ajudava a se vestir, ela se lembrou de que na casa de sua avó o domingo era o dia mais penoso da semana, pelos desapontos de sábado e pelo tédio que encerrava. O baile da saudade não trouxera para sua mãe o marido que ela esperava e os sapatos apertados haviam deixado em seus pés um saldo de bolhas lastimável. A avó levantava-se mais tarde e passava o dia de camisola e penhoar diante da televisão. Após o café, Ana ia à missa para sair de casa e se afastar da visão da mãe arrastando os chinelos, os calcanhares tingidos de mercurocromo e o cigarro pendendo frouxo da boca. Ao voltar da igreja, encontrava a mãe preparando o almoço com a mesma expressão alheia. Na sala, a avó, sentada numa velha poltrona reclinável, assistia ao *Programa Sílvio Santos*; de tempos em tempos, fazia um comentário sobre o jogo da noite anterior. "Morreu com dois curingas na mão, a bestalhona. Dois curingas, você acredita?" E Ana mergulhava na leitura de um livro para não ouvir a avó e a televisão.

Por volta das duas horas, a mãe entrava com o pirex de lasanha, o indefectível cardápio dominical, e anunciava que a comida estava na mesa. "Você ouviu, Iolanda? A cretina não bateu, com dois curingas na mão!" E a mãe concordava, ausente, enquanto engolia, soturna, o macarrão; em seu olhar, a sombra e a treva que advinha da derrota e da desistência.

Depois de se casar, os ritos dominicais de Ana variavam de acordo com a estação: no verão, o clube ou a praia; no inverno, o sítio do sogro, a chácara de Luz ou a casa do cunhado em Campos do Jordão. Para ela, no entanto, o domingo sempre seria um dia parado, triste, com um travo de ilusões perdidas e as horas escoando lentas; no ar, uma vaga tensão e a iminência de pequenas catástrofes.

"Por que não pedi para me darem alta amanhã?", perguntou-se ao entrar no automóvel do genro. Sentia-se sufocada pelo domingo e pelo calor, o verão das pessoas na rua não lhe pertencia, nem as roupas leves nem a pele bronzeada. Ana estava desconectada dos seres e das coisas, habitando o tempo suspenso dos convalescentes.

— Você está bem? — perguntou Paula.

— Estou — murmurou Ana. Como explicar à filha o que estava sentindo? Como verbalizar a confusa mescla de emoções? Presente e passado conjuravam-se para aumentar sua angústia, o fedor do suor de sua mãe misturava-se ao cheiro de xampu e de bronzeador. Ana via-se em rápidos flashes na piscina ou na praia com os filhos pequenos. E sempre os sons do mesmo programa de auditório na televisão.

Diante da porta do seu apartamento, Ana estremeceu. O que a esperava lá dentro, o que a esperava depois, como seriam a manhã seguinte e os dias subseqüentes? O mastologista reforçara que ela havia tido muita sorte. Nem uma quimioterapia pesada seria necessário fazer. "Só radioterapia e uma quimio leve; seu cabelo não vai cair", prometera o belo doutor. Felizmente o nódulo era inicial, felizmente não era agressivo, felizmente não havia nenhum gânglio comprometido. "A senhora vai viver muito tempo, dona Ana." Era isso que ela queria? Viver muito? Ou apenas o tempo suficiente para viver bem?

— Caio Fernando Abreu descobriu que amava a vida quando soube que estava com Aids — dissera seu orientando na rápida visita que lhe tinha feito no hospital. — Ele passou a cultivar um jardim de rosas e lutava tenazmente contra tudo que pudesse ameaçá-lo. As rosas eram sua vida — concluíra, emocionado.

E ela, o que iria cultivar? Dedicar-se-ia aos netos, aos alunos, valorizaria os pequenos prazeres e daria graças a Deus pela vida que lhe prometia o belo doutor.

"Como vou conseguir dormir nessa cama, suportar este domingo interminável?", pensou ao entrar no quarto. Iraci mudara a disposição dos porta-retratos e Ana agora sorria sempre em primeiro plano, abraçada aos filhos ou aos netos.

— A senhora gostou? — quis saber a empregada.

Ana assentiu, entorpecida.

— Quer que eu durma aqui esta noite? — perguntou Paula.

— Quero que você fique até eu adormecer.

— Você ouviu o que o mastologista falou. Não há a menor razão para se preocupar — disse Caio.

— Claro que não — respondeu Ana, caminhando para o banheiro.

Reconhecia a casa para se reconhecer, mapeava referências de uma vida que agora pareciam ter pertencido a outra pessoa. Diante do espelho, lembrou-se de como era sair do chuveiro, olhar-se nua antes de se enxugar e dos gestos automáticos que costumava fazer e não faria mais. Tinha a sensação de que fora expulsa do paraíso, suas ilusões haviam ficado para trás, cristalizadas, congeladas no último quadro amável — ela diante do bruxo e ele dizendo "Por fim nos encontramos". Com exceção do astrólogo do Rio de Janeiro, todos haviam errado os vaticínios a seu respeito. Afinal, ninguém sabia de nada, o destino não existia; se existisse, ninguém tinha a senha para desvendá-lo, ou ele não seria desvendável, mas uma contínua cilada a lembrar ininterruptamente a insignificância humana.

— Você vai aprender com essa experiência — disse Luz.
— Espero que você não diga, como Vívian, que isso aconteceu para eu renascer.
— Ela tem razão.
— Daqui a dois meses faço cinqüenta anos.
— É uma boa idade para renascer.
Ana sacudiu a cabeça.
— Às vezes tenho a fantasia de que uma prótese de silicone vai colocar tudo no lugar. Um seio igual ao outro, a simetria, enfim. Mas também tenho a fantasia de que, se aceitar meu corpo do jeito que é, estarei aceitando as coisas do jeito que são, com a resignação e a parte de mim que se perdeu irrevogavelmente.
— Ainda é cedo para avaliar o que você perdeu.
— Falando nisso, Bruno vem aqui amanhã.
— Por que fez essa associação?
— Alguma dúvida sobre o que vai acontecer?
— Todas — disse Luz. — Ele pode ser covarde nas pequenas coisas e se mostrar admirável nas coisas fundamentais.
— Você é uma grande otimista.
— Você também devia ser.

— Dona Ana — chamou Iraci, entrando no escritório. — O porteiro disse que está lá embaixo um tal de professor.

Ana e Luz entreolharam-se.

— É o bruxo? — Luz perguntou.

— Quem se anunciaria dessa maneira senão ele?

— Pode mandar subir? — quis saber Iraci.

— Pode — respondeu Ana.

— Então finalmente vou conhecer o professor — disse Luz, entusiasmada.

— E se dar conta do meu delírio.

— Todo encantamento tem sua cota de delírio.

— E de tolice. Ou babaquice, como diria Ivan.

— Ninguém está a salvo. Anos atrás me apaixonei por um comissário de bordo num vôo São Paulo–Roma.

— Você nunca comentou comigo esse episódio.

— Não houve episódio. Antes de chegar à Itália descobri que o cara era *gay*.

Ana deu uma gargalhada.

— Não é assim tão engraçado.

— E se não fosse *gay*? Você viveria um romance com ele?

— Possivelmente.

— Não acredito.

— Você imagina que entre mim e o Sérgio tudo é perfeito, mas de vez em quando eu me pilho tendo fantasias bem tolas com outros homens.

— Mas é mais prudente do que eu.

— Ou mais covarde. A fronteira entre a covardia e a prudência é muito tênue.

— O homem chegou — anunciou Iraci.

— Que tal ele? — indagou Luz, animada.

— É um senhor muito educado — respondeu a empregada.

Quando Ana entrou na sala, o bruxo a esperava com um buquê de rosas vermelhas.

— Como está? — perguntou ele.

— Bem, considerando as circunstâncias. Uma grande amiga — disse, apresentando Luz.

— Encantado — falou o bruxo, curvando-se para lhe beijar a mão.

A expressão de Luz era de um bem disfarçado estupor. "Então este é aquele? O sumo sacerdote, o oráculo, o mago por quem você se enamorou?", seu olhar parecia questionar.

— Você tem filhos morando no estrangeiro? — perguntou o professor.

— Filhas — respondeu Luz, espantada.

— Elas voltarão. Mas essa que está indo agora talvez não.

— Deve haver algum engano — replicou Luz. — Nenhuma das filhas remanescentes falou em viajar.

— Uma delas falará — sentenciou ele.

— Eu já estava de saída — disse Luz, caminhando em direção à porta, visivelmente perturbada.

— Por que inquietou minha amiga? — perguntou Ana.

— Gosto de provocar os céticos — respondeu o bruxo, depositando as flores nos braços de Ana. — Desculpe pela visita inesperada.

— Está tudo bem — disse Ana, indicando uma poltrona.

— Vejo que está convalescendo rapidamente.

— E que mais você vê, professor? — quis saber Ana, colocando o buquê na mesa à sua frente.

— Um longo caminho.

— Você disse que não era nada. E era câncer.

— Disse que não era nada e continuarei dizendo. É um carcinoma leve, um acidente de percurso, isso em nada mudará sua vida.
— Por que mentiu para mim?
— Nunca menti para você, Ana.
"Por que estou sendo tão áspera?", perguntava-se Ana. Afinal, era um homem amável, preocupado com sua saúde, que viera visitá-la e ainda lhe trouxera flores: rosas vermelhas, que no código da geração dele simbolizavam paixão.
— Na semana passada, em Porto Alegre, estava num restaurante quando vi entrar uma mulher incrivelmente parecida com você — contou o bruxo. E descreveu a mulher tão semelhante a ela nos traços, na compleição e na estatura. — Vejo você em todos os lugares — acrescentou.
— Você diz isso para todas, professor — Ana gracejou.
— Não. E você sabe disso — disse ele, sério.
— Não sei de nada. Não sei sequer por que você escreveu "Por fim nos encontramos" — insistiu Ana.
— Disse, digo e continuarei repetindo até o fim. Por fim nos encontramos. E nunca mais fomos os mesmos depois do nosso encontro.
— Palavras.
— Elas corporificam intenções.
— Não vivo de intenções, mas de fatos — disse Ana com um sorriso complacente.
— Seu caso não é grave. Extirpou-se o nódulo e está acabado.
— O pior não é o que pode ser extirpado.
— Você vai ressurgir das cinzas mais sábia do que era, Ana.
— Não se trata de ressurgir nova das cinzas nem de recolher os destroços para tentar me recompor, mas de reintegrar corpo e

alma outra vez. Uma parte dela também foi arrancada de meu peito, professor.

— Você ainda tem mais alguns meses difíceis. Depois tudo se acomodará.

— Nada se acomodará. Nem eu sei se quero que tudo se acomode. O único desejo que tenho neste momento é mudar. Mudar tudo. Casa, móveis, minha vida, meus cacoetes, minhas convicções.

— Comece por se livrar do que incomoda você.

— Já comecei — disse Ana, pensando na culpa que sentia em relação a Pedro.

— Aceite o que vem.

— Você aceita?

— Sim.

— Tem mais alguma receita de bem viver, professor? — perguntou Ana, irônica.

— Não desejar nada e nada recear, não se abater diante das dificuldades, não ter pressa nem grandes apetites, não perder de vista que tudo é transitório.

— Isso parece fatalismo muçulmano.

— Também é lição do Eclesiastes e de mais um sem-número de livros sagrados.

— Você pratica esses preceitos?

— Faço o possível, dentro da minha humana contingência — disse ele.

— Afinal, o que me espera, professor?

— Você não precisa de mim para saber. De qualquer forma, tudo o que disse continuarei mantendo.

— Inclusive sobre aquele homem que está perto e eu não consigo enxergar? — ela perguntou, sarcástica.

— Breve enxergará.

— Isso não tem mais nenhuma importância, sabe?
— Voltará a ter.

Ana sacudiu a cabeça.

— A vontade de encontrar esse homem pertence a outra era. Foi antes que arrancassem uma parte de meu seio, quando estava inteira e me sentia inteira e ainda acariciava a idéia romântica de uma nova paixão. Estava tão cega e tão ávida que na minha precipitação cheguei a acreditar que fosse você.

— Seja mais auto-indulgente, Ana.

— Estou procurando ser, mas a prática da auto-indulgência ainda é muito recente, professor.

— Como está sua filha?

— Sofrendo muito. Mas o meu problema de saúde a ajudará a se desligar daquele homem.

— Eu disse que seria um romance muito breve — falou ele, erguendo-se.

— Você disse tanta coisa...

— O que não aconteceu vai acontecer e, quando acontecer, você vai se lembrar de mim.

— Lembrarei sempre — afirmou Ana, beijando-o no rosto.

— Você jamais saberá quanto a quero — disse o bruxo, olhando-a fixamente.

— Eu sei — respondeu ela, acompanhando-o até o *hall* do elevador. — Eu sei — repetiu. Como sabia também que um ciclo de sua vida se encerrara e que jamais perguntaria outra vez se ainda iria se apaixonar e viver uma experiência de plenitude. — Você é meu último bruxo, professor.

— Você não precisa consultar bruxos. Dentro de você há uma zona sagrada que sabe tudo que está por vir.

— Não me atribuo essa onipotência, professor.

— Não é onipotência. É parte profética e mágica de quem nasceu com o dom de escrever — disse ele, abraçando Ana ternamente.

"Não o verei mais", concluiu ela quando o bruxo entrou no elevador. Entre a primeira consulta e aquele momento parecia ter decorrido uma eternidade. Ana agora era outra pessoa, mas tinha de admitir que o professor também contribuíra para sua transformação. "Ele tem razão em dizer que nunca mais fomos os mesmos depois de nosso encontro."

— O que é que mudou? — quis saber ele, diante de Ana. — Você continua igual.

— Mas não estou igual.

— Posso abraçar você?

— Não pode me apertar.

— Assim pode? — perguntou Bruno, estreitando-a levemente.

"O que digo a ele? Que estou contente porque está aqui? Isso não é verdade, não estou contente com nada, mas seria pior se ele não estivesse aqui."

— E então? — perguntou Bruno, sentando-se à sua frente.

— A má notícia é que estou com um seio diferente do outro. A boa notícia é que escapei de uma mutilação mais radical.

— A Luz disse que eu liguei várias vezes para saber de você, inclusive para o hospital?

— Por que não se identificou? — indagou Ana.

— Para não constranger sua filha.

— Quantos anos imagina que a minha filha tem?

— Do modo como você se refere a ela, uns doze, treze.

— Ela cresceu bastante nas últimas semanas.

— Ainda bem que você não está deprimida — disse Bruno, apertando-lhe a mão.
— É isso que quer ouvir? Que não estou deprimida, Bruno?
— Quero que você me diga o que está sentindo. "Estou destroçada", pensou. Mas ele não iria suportar se ela lhe dissesse isso. Já era muito Bruno estar ali, forçando o sorriso e o otimismo, tentando convencer a si mesmo e a ela de que nada tinha mudado.
— Eu estou muito mal com esta história — revelou Ana.
— É compreensível que você esteja atravessando um mau pedaço.
— Acho difícil um homem ter a dimensão do que um câncer de seio significa para uma mulher.
— Você não tem mais nada. Acabou, esqueça, Ana.
— Não quero esquecer. Quero aproveitar ao máximo essa experiência, me valer dela para reformular a minha vida.
— Em poucas semanas tudo estará esquecido.
— O tratamento se encarregará de me lembrar.
— O tempo passa depressa.
"Ele não suporta falar no assunto, a pena que sente de mim é insuportável e ele espera que eu a amenize dizendo que estou bem e que tudo será rapidamente superado."
— Foi incrível a última vez que fizemos amor — disse Bruno.
— Foi.
— Não vai mudar nada, Ana. Nada — reiterou ele, com as mãos cravadas nos braços da poltrona.
"Por que ele não me diz que morre de pavor de ver sua vida transformada por esse acontecimento? Por que está evitando tocar no essencial, Santo Deus?"
— Quero fazer amor com você — declarou Bruno.
— Para se assegurar de que nada mudou?

— Porque estou com tesão — ele respondeu.

— Você não acha que deveríamos nos poupar? — disse Ana, duvidando de seu apetite sexual. Tinha a sensação de que Bruno se impusera algumas provas e cumpriria cada uma delas para demonstrar a si mesmo e a ela que tudo prosseguiria igual.

— Essa sua vontade de transar comigo nestas circunstâncias soa como um tipo de perversão — observou Ana.

— É possível — admitiu Bruno, enfiando a mão entre as coxas dela.

— Não — disse Ana, afastando-se dele.

— Por que não?

— Não quero — respondeu Ana, mais branda, pois sua recusa agora ombreava com a vontade de se submeter a essa prova. Se fosse capaz de despertar o desejo de Bruno, sua feminilidade seria resgatada e com ela a esperança de que sua vida sexual e afetiva não havia se encerrado.

— Não vou descobrir os seios — avisou Ana.

— Como quiser.

"Isto que estamos fazendo é um ato de alto risco", Ana pensou enquanto ele a conduzia para o quarto. "Tomara que ele não malogre, que consiga vencer esta prova. Ou o constrangimento será medonho para ele e para mim."

— Você faz muito mal em esconder seus seios.

— Você não gostaria de ver o seio operado.

— Ou é você que não gostaria de mostrá-lo?

— Ambos.

— Estou reconhecendo o mamilo — murmurou ele, acariciando o seio enfaixado.

— Ele passou ileso pela catástrofe.

— A catástrofe está mais na sua cabeça que no seu peito — disse ele, beijando-a.

Ana colocou-se em cima de Bruno e sentiu o pênis dele crescer contra seu monte de Vênus. "Ele me deseja", Ana pensou, aliviada, enquanto Bruno, de olhos cerrados, se movia embaixo dela. "Ele está amando cada uma das mulheres que fui até restar o que sou: a súmula de todas elas num corpo envergonhado." O perfume dele a remetia à última vez em que tinham se amado sofregamente em sua sala, na faculdade. Gostaria de responder ardorosamente ao desejo dele como naquela tarde, como muitos anos antes no Motel Amore e no apartamento do centro da cidade. Ana evocou algumas imagens eróticas dos dois que pudessem despertá-la, porém continuava anestesiada. Sua imaginação sempre operara o milagre de transfigurar o real, mas agora percebia que uma das seqüelas de sua doença era a incapacidade de voltar a fazê-lo. "Onde está meu desejo? Onde está o corpo que se acendia ao ser tocado por este homem?"

Bruno, no entanto, movia-se sob Ana sem perceber que ela não participava daquele ato; isso nunca acontecera antes. Ele sempre fora sensível ao seu prazer e, quando a percebia distante, interrompia imediatamente o ato sexual para excitá-la. Mas Bruno se movimentava aflito, de olhos fechados, o rosto tenso, concentrado na sua performance, e ela então descobriu que a aflição dele não passava por seu corpo, mas pelo pavor de perdê-la. Tanto fazia que um seio fosse menor que o outro, e se ambos tivessem sido mutilados provavelmente isso não afetaria sua atuação sexual. Era Ana que Bruno queria, no lugar que ocupava em sua vida, com tudo que ela significava: a pausa, a troca, a queixa, o desabafo.

— Viu? Não mudou nada — disse ele, beijando-a depois do orgasmo.

— Como pode dizer isso? — indagou Ana, deitando-se a seu lado.

— Você só está deprimida. Mas isso vai passar.

— E, afinal, podia ser pior? — perguntou Ana, irônica.

— Sabe o que está faltando? Nosso fundo musical — disse Bruno, ligando o aparelho de som. — Onde está a velha Billie Holiday?

"Ele precisa restabelecer o ritual completo de nossos encontros para se certificar de que tudo continuará imutável", pensou Ana. "O casamento dele assenta-se sobre este triângulo. Se eu cair fora, farei sua vida desabar."

— Daqui a um mês é Natal. Você vai viajar?

— Estarei em tratamento, Bruno.

— Eu vou ter de viajar para os Estados Unidos — contou ele num tom resignado. — Minha mulher cismou de passar o *réveillon* em Aspen.

"Não. Não é justo continuar ouvindo 'vou ter de', 'minha mulher cismou de'. Não quero mais isso para mim", pensou Ana.

— Nós deveríamos nos afastar por uns tempos — sugeriu ela.

— Talvez durante os seis meses de tratamento.

— Mas por quê? — estranhou Bruno.

— Por quê? Você não sabe por quê?!

— Você quer que eu me separe?

— E você, o que quer, Bruno?

— Você sabe que se eu pudesse...

— Você pode.

— Eu não acredito que você tenha coragem de se afastar de mim — disse ele, abraçando-a.

— A coragem tem uma parte muito pequena na minha decisão — retrucou ela, afastando-se. — Cansei de ser cúmplice da sua inércia, cansei de ouvir as mesmas desculpas e o mesmo discurso que você repete ad *nauseam,* entra ano, sai ano.

— Nunca enganei você, nunca prometi nada. Você aceitou meus termos.

— Eles não me satisfazem mais.

— Eu não acredito que você esteja rompendo comigo — disse Bruno, inconformado.

— Não é um rompimento. Podemos continuar amigos. Não fomos por tantos anos? Podemos continuar nos encontrando para jantar, você pode vir me visitar e telefonar toda vez que tiver vontade.

Bruno levantou-se da cama com uma expressão sombria. Ana olhou para ele e pensou que nunca mais o veria passeando sua nudez desenvolta pelo quarto. O homem que mais amara, seu grande amor, vestia-se para ir embora. O que faltara dizer? Que aquela separação, embora penosa, era um ato de sanidade? "Ele sabe disso. Mas está tão paralisado pelo medo de perder sua vida que não percebe que já a perdeu."

— Você fica comigo se eu me separar? — perguntou Bruno.

— Claro que sim — respondeu Ana, embora soubesse que dificilmente ele daria esse passo.

Quando ele saiu, ligou para Luz para informar que tinha encerrado o caso.

— E se ele se separar da mulher? — indagou Luz.

— Caso com ele sem pestanejar.

— E o bruxo estaria certo em sua previsão.

— O que você achou dele?

— Assustador. Marina me comunicou hoje que está indo para a Austrália. O que é isso, como é que ele soube, Ana?

— Ele é um bruxo.

— É a terceira filha que vai morar no exterior. Eu não sei do que estão fugindo. Se de mim ou do país, mas estou preocupada.
— Quem foge de você, Luz?
— Muita gente. Inclusive meu marido, de vez em quando.
— Mas sempre acaba voltando.
— O que me consola é o bruxo ter dito que Luísa e Helena vão voltar.
— O que a Marina vai fazer com a casa dela?
— Está pensando em alugar.
— Negócio fechado. Eu sempre quis morar lá.
— O quê???
— Se você me perguntar do que estou fugindo, eu vou desligar.
— Não é preciso. Minha dúvida é saber por que você quer uma casinha tão pequena.
— Estou precisando de um útero. E rápido. Quando é que ela embarca?
— Daqui a duas semanas.
— Vou começar agora mesmo a preparar minha mudança — disse Ana, animada.

A decisão lhe dava um novo alento e resgatava a sensação de que a vida estava outra vez em suas mãos. Na verdade não estava, mas sua iniciativa estabelecia um âmbito de atuação, modesto mas importante. Dois dias antes sua vida parecia reduzida a um pequeno círculo de onde ela, encolhida, espreitava a vida passar ao longe. Agora o círculo começava a se expandir devagar, já era possível ficar de pé, esticar pernas e braços, pôr a cabeça para fora e acreditar que havia futuro à sua frente.

12

— TALVEZ NEM TUDO seja tão ruim — Ana comentou com Ivan. — Talvez esse nódulo tenha vindo para me absolver de todas as culpas e restabelecer a serenidade — acrescentou, pensando no casamento de Paula e na gravidez que finalmente Cláudia aceitara.

— Acho que é o caso de abrir aquela garrafa de champanhe — disse Ivan.

— Só depois do tratamento.

— Contanto que você a tome comigo.

— E com quem mais a tomaria, Ivan?

— Bruno.

— Até gostaria, mas acho que não vou ter essa oportunidade. No dia anterior ele ligara para dizer que a mulher seria submetida a uma histerectomia, o que o impediria de se separar, pelo menos por enquanto. "Parece que ela faz de propósito, Ana."

— Talvez ele crie coragem e se divorcie da mulher — conjecturou Ivan.

— Suspeito que nada conseguirá separá-los.

— Como você está? Em relação a ele. Honestamente.
— Sensação de dever cumprido com ele e comigo. Mas ficou um enorme buraco.
— Ele já existia há muito tempo.
— O hábito era reconfortante — disse ela, pensando nos telefonemas, nas visitas, na música, no vinho, nas frases eivadas de promessas que não se cumpririam jamais. Bruno queria ir a Paris com ela, ambos refariam o itinerário de Proust e outros itinerários sonhados, porém suas aspirações eram tão sinceras quanto fátuas.
— Você pode retomar esse caso com um telefonema.
— Tenho outros planos, Ivan.
— Espero que eles me incluam.
— Conto com você para me ajudar na mudança.
— Gostaria de oferecer alguma coisa além de meus braços. Por exemplo: que tal publicarmos um livro com seus melhores poemas? Naturalmente não seria muito volumoso — disse ele, provocando-a.
— Você é um sujeitinho insuportável.
— Sou. Mas quero relançar você, garota.
— Depois do tratamento.
— O tratamento não vai impedir você de selecionar alguns poemas.
— Tudo que eu fizer agora terá a marca da minha provação. Melhor deixarmos esse projeto para quando eu estiver curada.
— Você já está.
— Ainda falta aprender a conviver com um seio diferente do outro. Mas quem sabe no meio do caminho eu encontre alguém que goste de arte moderna.
— Eu gosto.

Ana meneou a cabeça.
— Qual é o seu medo, garota?
— Você.
— Tolice. No fundo eu sou uma boa alma.
— Você é um homem casado.
— A Celinha está louca para se livrar de mim.
— Com toda a razão. Você deve ser um marido insuportável.
— Sou. Daqueles que viram as costas depois de uma trepada e esquecem o dia do aniversário da mulher.
— Eu preciso de colo e você não vai me dar colo, Ivan.
— O que tenho feito nos últimos meses?
— Não faz parte da sua natureza. Em algum momento você vai endurecer, exigir, me desancar.
— E o que você esperava? Que eu fosse endossar toda a sua vida e obra daqui para a frente?
— Soaria muito falso se você o fizesse.
— Nem eu o faria. Em compensação, não vou me incomodar se o tratamento deixar você careca.
— O oncologista garante que isso não vai acontecer.
— Eu não sou aquele cara com quem você vai viver uma experiência de plenitude, mas acho que poderá viver comigo algumas experiências interessantes — disse ele, afagando o rosto de Ana.

O gesto a remeteu a uma noite em que os dois estavam dentro de um carro contemplando a paisagem de sua infância enquanto uma tempestade de verão parava a cidade. Agora, porém, não se esquivou da carícia de Ivan.

— Não quer nem fazer uma tentativa? — perguntou ele, terno.

— Talvez. Depois da minha viagem...
— Que viagem? — cortou Ivan.
— Estou pensando em passar uns dias em Nova York, após o tratamento.
— Por que não vai para a Terra do Fogo ou outro lugar que ainda não conhece, Ana?
— Quero o familiar, o conhecido, para me reconhecer, Ivan. Quero me encontrar, identificar uma por uma as viajantes que fui ao longo dos anos, para conseguir me reassumir inteira.
— Eu vou ter de agüentar esse tipo de texto todos os dias?
Ana deu uma gargalhada.
— Veja o que eu consigo fazer com você, Ana. Há quanto tempo você não ri assim?
— Você não está com pena de mim, não é, Ivan?
— O que você quer, uma declaração de amor?
— Acho que sim.
— Eu acabei de fazer, sua burra.
— Me dê tempo para pensar.
— Você pode me perder nesse meio-tempo.
— Seria um alívio para mim.
— Por quê?
— Tenho mais medo de você do que da minha doença.
— Isso é literatura, Ana. Literatura piegas e chinfrim — disse Ivan, abraçando-a.
Ana fechou os olhos e tentou imaginar como seria a vida com Ivan. E então lembrou-se da primeira frase do livro de Vívian: "O ser humano sonha com um musical em cinemascope e tecnicolor e a realidade, na maior parte do tempo, é um filme sem graça em preto-e-branco". Porém não teve coragem de citá-la para Ivan. "Eu

vou ter de agüentar esse nível de texto?", diria ele. Ou: "Vamos fazer o seguinte, garota: daqui para a frente nada dessas babaquices, está bem?" Ivan a beijava e ela gostou do modo como os lábios dele sugavam os seus, mas não iria se deitar com ele antes de terminar o tratamento, antes da viagem, antes de habitar plenamente seu corpo novo.

Este livro, composto na fonte Fairfield
e paginado por Alves e Miranda Editorial,
foi impresso em Pólen Soft 80g na Imprensa da Fé.
São Paulo, Brasil, na primavera de 2003